南の光のなかで

山尾三省

野草社

目次

南の光のなかで

息子の旅立ち

1

三月の十四日は四男良磨（らあま）の送別会の日であった。彼はすでに一日に屋久島高校を卒業し、鹿児島市のＳホテルへの就職が決まっていた。十六日から研修が始まり、そのまま四月一日には入社となるので、当分は島に帰ってくることはない。本人もその覚悟で、オレは学生じゃないし、ホテルは盆も正月もないから、二、三年は帰れないよ、と言っていた。学生じゃない、という言葉をさりげなく言い流したところに、彼の高校生活の総決算とも呼ぶべきものがこめられてあった。

送別会は、十四日の夜八時から、僕達が公民館と呼んでいる、実は粗末な木造の家で開かれた。もう十年以上も前に、白川山の住人が、自分達で力を合わせて建てた手作りの家で、普段は旅人達が宿泊したり、住人の寄合いというかミーティングなどに使われるほかは空けてある家であった。

この島のこの里に住んで、もうそろそろ十五年になろうとしている。廃村であったこの里に、最初は二、三世帯で住み始めたのだが、今では十二世帯が住むようになり、大人も子供もすっかり増えて、小さいながらもひとつの里の形が出来つつある。送別会という、いわば家族の行事であるから、出来れば自分の家でしたかったのだが、子供と大人と合わせて五十人近い人数が集まるにはもはや我家では狭すぎた。公民館とて八畳二間ほどのスペースしかないので、手狭は手狭なのだが仕方ない。

何かことがあって、白川山で人が集まる時には、各家族から一品か二品の食物を持参して行くのが、いつの間にかここでの習慣になっている。僕の所は主催であるから一品二品では済まず、それなりの料理をこしらえて、ビールと焼酎もまずまず整えて、その夜を迎えた。

いろりに火を起こし、四十ワットの裸電球が二つ点っているだけの煤けたスペースにぎっしり人と料理が集まって、送別会が始められた。自然の成行きにまかせて、飲みかつ喰べ、談笑するのもやり方であるが、僕としては少し考えた末、一応親として、集まっていただいた礼を皆に対して述べ、ひとりひとりから励ましの言葉のひとつもはなむけてもらう仕方の方を選んだ。

高校生から中学生へ、小学高学年から低学年へと、自分で司会をしながらひとりずつ励ましの言葉を送ってもらい、それが一渡り済むと次には大人達にしてもらった。日常的に親類以上に親しいつき合いをしている人達であるから、形式ばったことは何もなく、半ばは冗談で冗談の背後に真実が込められているようなやりとりであるが、子供達は子供達で、大人は大人で、やはりそれぞれの励ましの言葉の内にまぎれもない個性が出ていて、楽しかった。

四十何人が言葉を送ってくれている間に、少しずつ大人にはビールも焼酎も回り、子供達にはジュースやケーキも回り、最初は煙たかったいろりの火も、煙が少なくなり本調子に燃え上がりはじめていた。送る言葉の中では、車の免許を取ったばかりの彼に対して、無茶な運転をして死ぬな、というものと、鹿児島などに住まないで金を貯めて早く屋久島に戻って来い、という主旨のものが多かった。要するに、生き続けてこの島でやがて共に生きよう、というものであった。

2

順番が、司会を勤めている僕自信に廻ってきた時、僕は、あらかじめその夜のために歌おうと決めていた「仕事の歌」というロシア民謡を歌った。

最近の人達にはあまり歌われないが、僕らが学生であった時分には多くの若者達に愛唱された歌である。うろ覚えの歌詞ではあるが、特に三番をよく聞いてくれと前置きをして、正座に座り直して息子をしっかり見ながら歌い始めた。

仕事の歌

楽しい歌　悲しい歌

たくさん聞いた中で
忘れられぬ　ひとつの歌
それは仕事の歌
忘れられぬ　ひとつの歌
それは仕事の歌
ヘイ　この若者よ
ヘイ　前へ進め　前へ前へ進め

イギリス人は　利巧だから
水や火などを使う
ロシア人は　歌を歌い
みずから慰める
ロシア人は　歌を歌い
みずから慰める

ヘイ　この若者よ
ヘイ　前へ進め　前へ前へ進め

死んだ親が　後に残す
宝ものは何ぞ
力強く　男らしい
それは仕事の歌
力強く　男らしい
それは仕事の歌
ヘイ　この若者よ
ヘイ　前へ進め　前へ前へ進め

歌いながら、何度も涙で声がつぶれそうになったけれども、それを必死にこらえてどうにか終わりまで歌いとおした。

今でこそ、ロシア人というかロシア政府もすっかり利巧になって、アメリカと並ぶ科学と軍事の王国に変わってしまったが、三十年前のロシアからは、まだ民衆の響きが聞こえてきていた。この歌を歌う時、イギリスとアメリカを先端とする欧米文明の底に、歌を歌って自らを慰める後発国ロシアの民衆の姿がありありと在り、僕らはその姿に深い共感をもって、その歌を歌ったのだった。

久し振りに、全身の力を込めてその歌を歌うと、やはりロシアの新しい民衆の姿が見えた。ロシアの民衆は、バルト三国はもとより、今もなお真の自由を求めて、歴史の底で強く自らを慰める歌を歌い続けている。ロシアの民衆よ、真の自由と幸福を求めて起(た)て、と、目の前で顔を伏せている息子の姿にその姿をダブらせながら、僕は歌った。国家が民衆に真の自由と幸福をもたらした時代などは、かつて一度もなかったばかりでなく、国家と科学力が手を結んだ現代こそは、地球上の民衆は最も激しくそれによって自由と幸福を奪われているのである。

けれども、仕事の歌を歌った理由(わけ)は、その二番でなく三番の歌詞にあった。

送別会の席には、彼の母親はいなかった。母親が生きていたら、多分僕はその歌を歌わなかっただろう。三月十四日に彼の送別会をすると決めた時から、まるでひとすじの矢のように、三十何年かの時間の底から、その歌が甦ってきて、すっかり忘れていた歌詞のほとんどまでがそのまま帰ってきた。僕としては、亡き妻に代わってその歌を歌ったのである。

3

三月十五日の船で、彼は旅立って行った。海ひとつ隔てた鹿児島市へ就職するのだから、それほど辛い思いはせずに済むかと思っていたが、そういうわけにはいかなかった。

彼は、前の晩に僕達の送別会の一区切りがつくと早々に退散して、友達同志での最後の夜をほとんど徹夜で飲み明かしたもののようであった。それまでにも、明日は誰が発つ、明日は誰が発つといって、連日のように飲み明かした末に自分の順番が来て、彼なりにその最後の仕上げをしたのであろう。

港に現われた彼は、兄から送られてきた祝い金で、わざわざ鹿児島市まで行って買ってきた上下揃いのスーツを着ていた。それが今の流行(はや)りなのか知らないが、だぶだぶという感じのスーツで、恰好よいとはお世辞にも言えないような姿であった。

港に一列に並んで見送る野球部の後輩達の一人一人と鷹揚に握手を交わし、その内の下級生とおぼしき小柄な奴の何人かには往復ビンタを軽く喰わせ、悠然として船に乗り込んで行った。弱小チームながら主将を務めた彼の、それが精一杯の別れ方なのであろうが、それはまた多かれ少なかれ島の高校生達が島を発つ時の、別れ方のひとつの形であった。

島に限らず、日本全国どこに行っても、僻地と呼ばれるような農山漁村にあっては、高校生や中学生までも含めて、その地に住む者はその地の主人公である。多少裕福であったりの変異はあるにしても、その地に住む限りその地の人々には、ひとりひとりがその地の主人公であらざるを得ないような慣習がしっかりと行きわたっている。特に地主制度が廃された敗戦以後は、農山漁村には支配者というものがいなくなった。代わって自由民主党と名前ばかり立派な、その内実は金主選民党の地方ボスが、金をばらまきながらじわじわと国家の政策を押し進め浸透させてきたのである。

鷹揚に振るまい、船の上から見送りの同級生や下級生達を見下ろしている彼を見ながら、僕は、もう数時間もすれば始まる鹿児島市での彼のことを思っていた。十何階建てとかいうホテルの入口に着いて、まず彼はどこから自分が入るべきか途惑うに違いない。正面玄関から堂々と入ってよいものか、それとも従業員専用の入り口が他にあるのか。採用通知にはむろんそのようなことは記されておらず、三月十六日から研修が始まるので、入寮する者はそれまでに布団その他を送るように、とだけ書いてあった。

紙テープを握って見送る友達は多数あっても、迎えてくれる人は係の人が一人いるだけであろう。島社会の原理を仮に共生という名で呼ぶとすれば、鹿児島市はすでにはるかにそれが死滅した経済原理の支配している場所である。島社会ではひとりひとりが主人公であり得るが、経済社会では主人公はお金である。とっぷりと、家族も含めて島の共生の気に浸り、甘えもしてきた息子が、これからその経済社会とどう切り結んで行くか。

敗けてほしくない。いずれ経済原理の支配する社会に見切りをつけて、僕達共生共悲の世界へ帰ってくるにしても、敗者として帰ってきてほしくはない。そんなありきたりの、子離れの出来ぬ親馬鹿な感傷に浸っていると、やがて出航の汽笛がボウと響き、船はゆっくりと岸壁を離れて行った。無数の色とりどりの紙テープが切れ、息子は泣きもせずに両手を挙げてデッキの上から最後の意気を込めていた。

船が岸壁を離れると、その時を待っていた野球部の後輩達が、次々と裸になって海に飛び込み、船を追って沖へ泳ぎ出した。それは毎年の野球部の恒例になっている見送り行事で、僕としてはもう見馴れた光景ではあったが、やはりそれなりの感動がある。二年間海に飛び込んで見送った身が、三年目には飛び込まれて見送られて行くのである。屋久島高校の卒業生百三十何名かの内、二人か三人を残して、あとは全部そのようにして島を出て行く。都市へ都市へ、経済原理の支配する繁栄の世界へと出て行くのである。

4

「あなたが居てくれなかったら、今度こそ立ち直れなかったかも知れない。一緒に居てくれて、ありがとう」

見送り人達が帰り、千切れた紙テープばかりが風に舞っている岸壁で、不意にあたりが真白くなるような淋しさに襲われながら、僕は片わらで赤ちゃんを抱いている新しい妻に言った。そして、その言葉があまりにも感傷的なことに気づいて補足をした。

「三月という月は、島中のあちこちの親達が、一週間ばかりは泣く月なのだよ」

彼女は、赤ちゃんをゆすってしばらく躊躇している風であったが、

「気持を共有できなくて、ごめん」

と小さく言った。

三月二十日は、その赤ちゃんの三ヶ月検診の日で、僕達は三人で町の保健課に出向いた。保健課は役場本体とは別棟になっており、道路一本を隔てた宮之浦川に面して建てられている。

彼女と赤ちゃんが検診を受けに建物の中に入ってしまうと、僕も車を降りてそのまま川の土手に行ってみた。少し風があったが、その風もすでに東の風で、暖かい午後の陽差しが土手の芝生いちめんに降りそそいでいた。あたりには人影もなく、たまに車が道路を往来する程度で、物音ひとつしなかった。

土手には、黄色いキンポウゲの花と地しばりの花が咲いていた。それからうす紅色の桜草の花が咲いていた。それからシロツメクサの白い花も咲いていた。そして、この春はなぜか特別に心を魅かれるようになった紫色のスミレの花が、あちこちに小さな花むらを作っていた。

検診が終わるまでには、一時間か二時間はかかるはずなので、僕はゆっくりと土手を歩き、咲き出している春の花々を眺めた。川沿いに百メートルほどは続いている土手を、端から端まで花々を眺めながら往復した後、一番花色の濃いスミレの株のそばに腰を下ろして、スミレの花をつくづくと眺めた。

立って歩いているのでは分からないが、腰を下ろして目の前に見ると、スミレの花を支えている茎はとても細いもので、少し風が吹いてくると花ごと大きくゆらゆらと揺れた。花が風に揺れるのが楽しくて、しばらくはすっと伸びた細い茎と花の、無言の小さな踊りに見とれていた。

川面で時々、ぽちゃんと魚の跳ねる音が聞こえた。眼を上げて見ると、満潮のせいか流れの停まっている川面は銀色に光って、ボラが跳ぶたびにまるで池のように静かに円い水輪が広がるのだった。

急峻な島の急峻な川ではあるが、宮之浦川は河口に近いここらでは川幅が二百メートルほどもあり、流れもゆるやかである。一キロも下ればもう海だが、川水はまだ透明で底が透けて見えるほどである。川面のあちこちで、そろそろ跳ねるぞと思いつつ眺めていると、期待通りにボラが跳ねる。沈んだ後には夢の中の光景のように静かに水輪が広がって、やがて消える。

対岸には何軒かの家があるが、やがてなだらかな森のいくつかを経て、新緑の吹き出した山へと連なってゆく。山には山桜が咲き出している。白色の花、うす紅色の花、桃に近いような濃い色の花と、山桜には様々な花色があって、山のあちこちに今やその花が満開であった。

様々な　こと思い出す　桜かな　　芭蕉

という感傷が、なお底深く僕の体の中に位置を占めてはいたが、その午後僕の胸の内にはより一層強く、存在光、という新しい言葉があった。

新緑の噴き出した照葉樹の山々は、そのまま春の存在光であった。様々な花色に咲く山桜も、ボラの跳ねる銀色の川面も、存在の光であった。土手のあちこちに物言わず咲き静まっているスミレの花、キンポウゲの花、地しばりの花、桜草やシロツメクサの自生の花達は、ことごとくみな存在光そのものであった。

長い時間、なおもそこに腰を下ろして、僕は遠くの風景や近くの草花の姿を眺めた。それは間違いなく、世界中で一番美しい風景であり、なおかつ日常のありのままの風景でもあった。文明の中心地である東京や大阪からは遥かに遠く、観光名所でも景勝地でもない、ただの川筋の土手であるが、そこに僕にとってかけているものは何ひとつなかった。スミレの花が風に揺れれば、それが僕のいのちであり光であった。銀色の川面に銀色のボラが跳ねれば、それが僕のいのちであり、光であった。

やがて検診を終えた赤ちゃんを抱いて彼女が戻ってくると、僕は彼女を誘って再び土手に上がった。その時しかないその場所の、山桜の咲く風景を彼女と共に眺めたかった。川面にボラが跳ねる光景と、スミレの花が風に揺れる様子を見てほしかった。赤ちゃんをこちらに抱き取り、花色の一番濃いスミレの株のそばに、今度は三人で腰を下ろして、しばらくは眼前に広がる風景を黙って眺めた。彼女が、僕以上に風景を愛する人であることはすでによく知っていたので、説明することはなにもなかった。僕は、海彦と名づけられた赤ちゃんの暖かい体を抱いて、沖縄からアジア、アジアからアフリカへと続く、南の光の深さを黙って確かめていればよかった。

山鳩の鳴き声

1

朝起きると、山鳩の鳴き声が聞こえている。ぐるぐるぐう、ぐるぐるぐう、というような鳴き声で、この一ヶ月ばかり毎朝その低い静かな声を聞きながらお茶を飲んでいる。どうやら家の裏の栗の木か肉桂の木辺りに巣を作ったものらしい。

山鳩は、この島でも珍しい鳥ではない。森の道を歩いていたり、里の道を歩いていたりして時々見かけるし、一度などは飼猫がそれを捕えてきて目の前でばりばりと食べて見せたこともある。

山鳩は、静かさを好んで鳴く鳥であると僕は思っている。森の道を歩いていて、どこからともなく山鳩の声が聞こえてくると、それはもうひとりの、より静かな自分からのメッセージのようにも思われ、声にこそ出さないけれど、胸の中であと小さな讃嘆の息を洩らすことがある。

カラスはカラスで、トンビはトンビで、またキジはキジで、メジロはメジロで、ヤマガラはヤマガラで、その鳥その鳥のメッセージを日々送ってもらえるのが森の生活であるが、山鳩の低くくぐもった鳴き声がなぜか今の僕にはとても好ましい。

九月の半ばを過ぎて、夏の間豪華にツルを伸ばし、四方八方に大きな葉と花を咲かせてきたカボチャの勢いはもう止まってしまったが、それでもまだ五つや六つの花は毎朝開いてくれて、お茶を飲みながらその純黄色の花を眺めることができる。カボチャのツルは、畑との境をとうに乗り越えて、裏庭から家の屋根にまで這い登ってしまったので、居間に居ながらにしてその花を眺めることができるのである。

山鳩の声を聞きながら、カボチャの花を眺めていると、時にアゲハ蝶が飛んでくる。アゲハ蝶は、カボチャの花よりもポンカンの葉むらの方が好きなようで、花には止まらず、もう青い実がずい分大きくなったポンカンの葉の間を飛びまわったり、葉に止まって羽を休めたりする。

「クロアゲハだ」

と春美さんが言う。

彼女は近頃アゲハ蝶に興味を持って、小学生向きの昆虫図鑑を手元に置き、それを参考にして、アゲハ蝶の種類をいくつか確認することができるようになった。

羽の全体が真黒で、何の紋もないのがクロアゲハである。僕はこれまで真黒だからカラスアゲハだと思っていたのだが、カラスアゲハは真黒ではなく、美しい紫色や緑色を黒の中に混じえている。

その他に彼女は、モンキアゲハ、ナガサキアゲハ、アオスジアゲハなども識別できるようになって、庭のポンカンの木にやってくるアゲハをそれぞれの個有の名で呼ぶようになった。そうなると僕もぼんやりしておれず、彼女に釣られてアゲハの種類を覚え、彼女が知っている種類は識別ができるようになった。

山鳩がそうであるが、アゲハ蝶というのもまたひそやかな生きものである。音もたず、どこからともなく湧き出るように現われてきて、ポンカンの葉むらを軽やかに飛びまわる様子には、森の精霊とも呼びたい趣がある。居間から眺めている時にはそれほどでもないが、ひとりで森の中を歩いている時などに不意にアゲハに出会うと、出会ったのはアゲハでありながら、もうひとつ奥深い森の、眼には見えぬメッセージをそれが確かにたずさえてきているように感じる。

2

南の光のなかで、というタイトルに決めたのは、むろん自分が屋久島という南の島に住んでいるからである。けれどもそれだけではない。一般的に、北半球の文明の進んだ国々を北の名で総称し、南半球の未開発の国々を南の名で総称して、いわゆる南北問題として世界を理解しようという態度がある。

十四年ほどこの島に住み続けてきて、ある時気づいてみると、自分の感性が南の島人のそれに近づいているのと同時に、より深く南北問題でいう南の立場に立

郵便はがき

おそれいりますが切手をおはりください

113-0033

東京都文京区本郷
二－五－一二

野草社 行

フリガナ お名前	年齢　　歳	男・女
ご住所 〒		
お電話	本書をお求めになった書店名　　書店	

本書を何でお知りになりましたか。

(a)書店で　(b)知人から　(c)広告・書評（新聞・雑誌名　　　）

(d)その他（　　　）

愛読者カード

書　名

この本のご感想をお聞かせください。

小社出版図書のご購入につきまして、書店ご不便の場合は、直接小社へご注文ください。（代金引換でお送り致します。送料・手数料実費）

ご注文書

書名	冊
書名	冊
書名	冊

このカードは大切に保管し、今後の出版企画の資料として活用させていただきます。

っていることが明確になった。いつのまにか南の眼で世界を眺め、南の感性で世界を感じ取っている自分があった。離島といえども、高度の、あるいは末期の資本主義国である日本に住んでいて、南の感性、などといっても大変あやういものかも知れないが、自分の関心がおのずから向く方向が、屋久島であり沖縄であり、アジアでありアフリカであるのは動かすことができない。若い頃興味を引かれたアメリカや西欧の社会には、積極的な意味ではもう強く心を魅かれることがなくなった。

それは、北の文明圏に、特有の豊かさや自由、希望が見出せないからではなくて、南の文化圏に特有の豊かさや自由、希望の方が自分に合っていることが明らかになってきたというに過ぎない。

南の光のなかで、という時、その南は、世界の南であると同時に日本の中の南である。屋久島や奄美大島、沖縄、また東北の僻地や北海道のアイヌ民族は、日本の中の南である。東京や大阪は北の文明を象徴する都市ではあるが、そのような大都市にあってもその中にやはり南的な要素はあり、逆に屋久島にあっても沖縄にあっても、その中にむしろ北的な要素はたくさんある。

同じことを個人である自分の内においても見ることができる。僕の内に色濃く南の要素があると同時に、北の豊かさ、自由、希望を肯定する北的なるものがやはり内在している。

南あるいは北ということに、あまり偏って固執するのはよくないことだが、現在の僕の感じからすると、現在の僕達の根本的なテーマは、個人、国、世界の各々の内なる南北問題であり、これを解きほどいてゆくことが、個人においても国においても、世界においても、現在及び未来に明るさを保つために最も大切なことなのだと思う。

南とは何かを正確に記すことは難しいが、僕の感覚からすると、自然地球を主とし、人間生活をその同伴者あるいは従とする諸地域の文化の型を指すと言っていいだろう。それに対して北とは、人間生活を主とし、自然地球をその同伴者あるいは従とする、単一的な産業文明の型を指すと言っていい。どちらにも、その社会に特有の豊かさがあり、自由があり、希望がある一方、どちらにも欠乏と悲惨があり、拘束があり、絶望がある。

僕が南の光のなかにあると感じてしまうのは、南の豊かさ、南の自由、南の希望のなかにこそ自分があると感じるからであるが、それは同時に、南の悲惨と欠乏、拘束、絶望と共にあるということも意味する。

典型的な例を一つだけ引いてみよう。少し長くなるが我慢して読んでいただけるとありがたい。

八月二十七日の読売新聞に、カナダのトロント発、中道正樹記者の署名記事で、「インディアン二百人決起」という見出しの、次のような報道があった。

『憲法修正問題で大揺れしたばかりのカナダ・ケベック州で、今度は古くて新しい問題、先住民インディアンの権利要求が先鋭化している。自動小銃で武装し、バリケードに立てこもるインディアンに対し、州政府は二十七日、軍にバリケード撤去を要請、一触即発の危機を迎えている。

抗争の焦点となっているのは、モントリオール南西三十キロのオカ町が所有する二十二ヘクタールの森林。ここに隣接するカネサタケ居留地のモホーク族は、森林は一七一七年フランス国王が自分たちの土地を勝手にカトリック教会に与えたものと所有権を主張、長年連邦政府と交渉を続けてきた。

問題が対決に進んだのは、現在の地権者オカ町が係争地を民間ゴルフ場（九ホール）に貸し、さらに十八ホールに拡張することを計画したためで、インディアン側は、さる三月、オカ町と林を結ぶ道の二か所にバリケードを作り、町当局と州警との徹底抗戦態勢に入った。

州警は七月十一日バリケードの強行突破をはかり、M16ライフル、AK47自動小銃で武装した「モホーク・ウォリアー（戦士）」二百人との銃撃戦に発展。警官一人が死亡したが、突破作戦は失敗に終わり、州警側もバリケードを作り、にらみ合いに入った。この銃撃戦を契機に、問題はカナダ全体に広がり、モントリオール南郊カナワケ居留地のモホーク族が、モントリオールと南郊のシャトーゲイを結ぶメルシエ橋をバリケード封鎖したほか、オンタリオ州では大陸を東西に結ぶ国有、民間の二鉄道がインディアンの封鎖により約一週間不通になった。これに対し、連邦政府のマルルーニ首相は、八月に入ってカナダ軍の出動を要請する一方、連邦政府が係争地を買い上げ、モホーク族に土地の自由使用を許すとの妥協案を示し、モホーク族との交渉に入った。しかしモホーク族側は①係争地をモホーク族に与える②モホーク族の主権問題を三年以内に解決と誓約③カナワケ居留地のとばく場への州警の干渉停止を要求。さる二十六日マルルーニ首相がこうした要求を「異様な要求」と批判、今回のブラッサ・ケベック州首相の交渉打ち切り宣言、連邦軍の介入要請となった。

モホーク族の主張の背景には、もちろん白人の移住以来インディアンがたどってきた悲惨な歴史がある。しかし、比較的小さな問題が武力抗争に発展した裏側には、フランス系住民を主体に構成されるケベック州に、特別な憲法上の地位を認めるかどうかで大揺れしたさる六月の憲法危機と同根の、少数派のあつかいをめぐるカナダ国家全体のアイデンティティー・クライシス（国家理念の危機）がうかがわれる。』

これが、国内レベルにおける南北問題の一つの例である。カナダ政府及び州政府は、北の悲惨（権力）を丸出しにし、南のモホーク族もまた耐えられぬ悲惨のさ中にある。この場合、僕がモホーク族の側にあることは記すまでもない。モホーク族の側にありながら、なぜマルルーニ首相の妥協案を彼らが受け入れられなかったかを考え、一七一七年以来の白人達の無法の深さというものを思う。

世界史は、一九九〇年八月二十七日付の新聞で報道されたこの内容と同根の悲惨と欠乏、拘束と絶望に満ち満ちている。中近東の中の北であるクウェートを、南であるイラクが占拠し、北連合軍がそれを包囲するという図式も、同根である。世界の日常は、北的なる強者が、南的な弱者を呑み込んでゆく光景に満ち満ちている。六ヶ所村に核燃料サイクル基地を作ろうとするもくろみも、強大な日本国家という北が、青森県という南に押しつける悪しき南北問題の光景にほかならない。

3

かんなび、という古い日本語がある。神名備、あるいは神南備、神奈備という漢字を当てるが、それは山という意味である。山を山と呼ばず、神(かん)なびと呼ぶと、材木の生産地としての山やダム建設地としての山とは異なった、穏やかないのちの源としての山の姿が少しは甦ってくる。

神なびという古語にこだわり、古代復古をしようというのでは少しもないが、山に向かいそれを神なびと呼ぶと、日常的に眺めている山の姿とは少し異なったもうひとつの山の姿が現われてくる。経済の対象でなく、スポーツ登山の対象でもなく、心にすっと安らぎを与えてくれる精神的なもの、それが神なびである。

僕達はもう神なびなどという古語は忘れて、山をただ山として眺めれば、それでいいのかも知れない。神奈川県の南足柄市に住む和田重正先生という方が、「人　山を見、山　人を見る」という素晴らしい言葉を放たれている。山に見られている人が山を呼ぶときには、すでにそれが神なびであるから、言葉にこだわる必要はないようにも思う。けれども言葉は、最近の流行語なども含めて、すべて言霊（ことだま）から発しているものであるから、かつて神なびという言葉が生きていたことを思い出しておくことも、全く意味のないことではなかろう。

台風十九号が通り過ぎた次の日、九月二十日は、朝から抜けるような青空で、太陽はまだ暑いものの涼しい北東の風がさわやかにふきわたっていた。家が倒れるかと思うほど、猛烈に吹いた台風の後だけに青空とその下の緑の山が有難く、畑に立ってしばらくはしみじみと山を眺めていた。

名もない、島の里山であるが、そこに山があることがうれしく、山々に囲まれた地に住んでいることが、それだけで充分に幸せであった。

畑はもう壊滅で、ナスもピーマンもキュウリも一夜にして終ってしまったが、台風が来たのだからそれは仕方のないことであった。むしろ、五月以来すでに十八もの台風が発生したのに、西に外れたり東に外れたりでこの島にはやって来ず、夏の間充分にそれらの野菜を食べられたことの方が不思議であった。

しばらく山と畑を眺めてから、家の裏の二本の栗の木の所へ行ってみた。さぞかしたくさんの栗が落ちているだろうと期待して行ったのだが、落ちていることは落ちているが、すべて皮ばかりであった。早起きの猿の群れがすでに食べ尽くした後で、ただの一個といえども完全な実はなかった。

けれども、まだイガに包まれたままの青い実は、さすがの猿達も手を出すことができないようで、青い実のままたくさん落ちて残っていた。鎌の先と竹の棒の先を使ってイガを割り中からやはりまだ青い栗を取り出すことは、落ちている黒い実を拾うのに比べるとなかなか面倒な作業であった。それでも根気よく続けると、まもなく一キロばかりの青い栗が集められた。

その日は、山鳩が鳴かなかった。台風で巣もろとも吹き飛ばされてしまったのかも知れない。けれども、毎朝鳴いていた山鳩が命を落としたということはなかろう。どこか別の森の別の木の枝に止まって、台風一過のさわやかな晴天の下で、ぐるぐるぐう、ぐるぐるぐうと、恐怖の側からではなくて、再びの新しい日の側から、低いくぐもり声で鳴いていることだろう。

お昼寝の散歩

1

昼御飯を食べ終わると、海(うみ)ちゃんをおんぶしてお昼寝の散歩にでかけるのが、この頃の習慣である。海ちゃんの下には、五ヶ月のすみれちゃんがいて、そちらの方は妻が寝かせつける。うまく二人が同時にお昼寝をしてくれると、睡眠の足りない彼女も昼寝ができるのだが、なかなかうまく行くとは限らない。うまくすみれちゃんが眠ってくれるのを願いながら、ぼくはぼくで海ちゃんのお昼寝の散歩にでかける。

昼下りの白川山の里には、人の気配はほとんどない。大きな子供達は学校へ行っているし、大人達は仕事に出ている。まるでがらんとした谷間を、谷川だけが音高く流れくだって行く。たまに間違ったように、車やバイクが通りすぎることもあるが、すぐにまた森閑として谷音ばかりの世界に戻ってしまう。

賑やかなのも決して嫌いではないが、この頃のぼくにとっては、海ちゃんとのこの森閑とした中のお昼寝の散歩が一番楽しく、充実した時のように感じられる。

「さあ、ねんねしようね」

と声をかけて外へ出ると、海ちゃんのもう少し眠たくなっている呼吸に合わせて、ゆっくりと谷川に架かっている橋の方へ歩いて行く。

橋のたもとには、下の谷川の斜面から伸びてきたウラジロガシの梢が、ちょうど手を出せば届く位置にあり、梢にはカシの実がいっぱいなっている。その実を、海ちゃんの手が届く内は海ちゃんに採らせ、毎日採っている内に海ちゃんの手が届く範囲に実がなくなってからは、ぼくが採って海ちゃんの両手に握らせる。

そうすると海ちゃんは、なぜかすっかり満足していっそう眠たくなってくる。

「さあ、ねんねしようね。こってん、こってん」

声をかけると、海ちゃんは素直に頭をこってんと背中にもたせてきて、眠る体勢に入る。そうなっても、眠るまでにはまだしばらくかかるから、ぼくはゆっくりと橋の上を行ったりきたりする。橋の上手（かみて）の、流れくる谷川の有様を眺め、橋の下手（しもて）の、流れゆく谷川の有様を眺める。谷川の眺めは、いつでも、十年眺めても十五年眺めても善いものであるが、二度か三度橋の上を往復すると、そこを離れ、次には道沿いに林道を杉林の方へくだって行く。ゆるやかなくだり道で、道そのものはもう舗装されているが、両側には今を盛りと秋の野草達が花を咲かせている。

背中に負われている幼児といえども、眼をさましている時、浅い眠りに入った時、ぐっすり眠りこんだ時には、それぞれに応じた呼吸のリズムを持っている。そのリズムになるべく合わせるよう、けれども必要以上には気にかけないで、ゆっくりと野の花を眺めながら道をくだって行く。自分では歩いているつもりだが、遠くから見ている人があるとしたら、ただ体を揺らしているようにしか見えないかも知れないほどの、ゆっくりとした歩みである。

ひとり身であれば、決してそんなふうにゆっくり歩くことはできない。海ちゃんをおんぶしていればこそ、お昼寝をさせているのであればこそ、そうやってゆっくりと歩くことが恵まれるのである。

道の両側には、紅花（あかばな）のゲンノショーコの花が盛りである。花が咲かない内は、そんなにもたくさんゲンノショーコが自生しているようには見えなかったが、咲いてみると、そこらじゅうがゲンノショーコだらけである。小指の先ほどの小さな紅い花が、いたるところに静かに可愛く咲き開いている。

ゲンノショーコの花は、ぼくのささやかな幸せの花である。大きな幸せは自分には似合わないし、この世界には不必要でさえあることが分かりはじめた頃に、その花に出会って、それからずっとゲンノショーコの花が好きだ。

ただ見て通りすぎる分には、何の変哲もない野の花であるが、心の在り様がそこに定まり、その世界に入って行くと、そこにその花が咲いているだけで深い安心と慰めを与えてくれる。湾岸戦争以来、アメリカ文明の世界制覇の傾向はますます強まり、その一環として青森県の六ヶ所村に続々とウランが搬入されている現在、世界はどうしようもなく悪い方向へ向かい、人間を含む地の者の文化は、日々なしくずしに滅ぼされているのではあるが、ゲンノショーコの花を眺めていると、なぜかその花がそのように咲いているかぎりは、世界はまだ大丈夫だという気持になってくる。

キンミズヒキの黄色の花も咲いている。その花を見はじめ、名前を知ったのはこの二、三年のことで、まだなじみの深い花ではないが、それだけに新鮮である。すっと伸びた茎に、濃い黄色の花をぷつぷつと咲かせている姿は、野の花としては少々高貴でさえある。高貴という言葉はもうあまり好きになれなくなったぼくではあるが、野の花であるゆえにそれも許容できる。

ようやく、ススキの穂も出そろってきた。二週間ほど前、中秋の名月の夜にススキを飾ろうと思って探した時には、まだどこにも新穂(あらほ)は出ていなかった。それが二週間後の今は、いっせいに赤銀色の穂を出してきて、今や本物の秋になった。

妻の話によると、彼女がすみれちゃんを乳母車に乗せ、海ちゃんの手を引いて散歩をしていると、近所の木咲(きさき)ちゃんと歌野(かの)ちゃん姉妹がやってきたのだそうである。木咲ちゃんは来年学校、歌野ちゃんはまだ三歳だが、海ちゃん、すみれちゃんに比べれば大人と子供ほどの違いがある。

いっしょに野の花を摘んだりして遊んでいると、歌野ちゃんが、ススキの新穂にそっと触ってみたそうである。ススキの新穂は、真っすぐにすっと伸びてくるのもあるが、先端がさやから抜けないで、くるっと曲がって出てくるのもある。歌野ちゃんは、くるっと曲がっているままの穂に触ってみて

「やわらかい」

と言ったそうである。無口で、茫洋とした感じの歌野ちゃんが、おしゃべりをしているのをぼくはまだ見たことがない。いつも木咲ちゃんの影のようにしていて、元気がいい木咲ちゃんばかりが目立つ姉妹なのである。

「やわらかい」

と歌野ちゃんが言ったというのを思い出して、ぼくもススキに触れてみた。海ちゃんをおんぶしていなければ、思い出しても触れることまではしないのだと思うが、海ちゃんのせいで、ぼくも少しは幼児になっている。どんなにやわらかいのか、自分でも触ってみたくなったのだった。

出たばかりの、まだ開いていない穂をそっと二本の指ではさんでみると、本当にそれはやわらかかった。やわらかかったが、歌野ちゃんのことばから想像していた綿のようなやわらかさとはちがって、ちょっとした重みがあり、ぼくの感じでは、しめやかにやわらかかった。ひとつだけでは不確かなので、いくつかの新穂をつまんでみたが、やはり、歌野ちゃんのことばから受けていたやわらかさではなく、しめやかで、しっとりとしたやわらかさが指先にあった。

谷間の里で子供を育てていると、物心がついた子供達に親が最初に教えることのひとつは、ススキの葉に触ってはいけないということである。葉っぱ好きの幼児達は、手当り次第の葉っぱをちぎったりする一時期があるが、ススキの葉には鋭い刃がついている。不用意にちぎれば、必ずカミソリで引いたようにケガをする。だから親は、ススキの葉には触らないように、触るとしても注意して触るようにと教える。

歌野ちゃんももう三歳になっているから、そのことを知っていて、一度や二度はススキでケガをしたこともあり、ススキというものは怖いものと感じていたのではないか。それでも穂があんまりきれいなので、触ってみたら、夢のようにやわらかかったのではないか。

妻から話を聞いた時の、歌野ちゃんの「やわらかい」ということばは、ぼくにはそんな夢のようなやわらかさに想われたのである。

その一方では、歌野ちゃんにとっては、少し重みのあるしめやかな穂の感触こそが「やわらかい」のであって、歌野ちゃんとぼくとでは、世界への触れ方があまりにも異なっており、やわらかさの感じがちがうのかも知れない、とも思う。

ともあれ歌野ちゃんのことばのおかげで、ぼくも初めてススキの新穂というものに触り、ススキの新穂という新しいいのちの振動に触れることができたのだった。

2

ススキの新穂に触り、ゲンノショーコの紅花(あかばな)を見て歩いたのは、四分か五分の間の出来事である。その間に、海ちゃんはもうすっかり眠りこんでしまった。体全体がすとんと落ちる感じでそれと分かるが、両肩に置かれた海ちゃんの手を振り返ってみても、それが分かる。海ちゃんの手は半開きになっていて、さっきまでそこにしっかりと握られていたカシの実が、両方ともない。カシの実が手から落ちてしまった時が、海ちゃんがぐっすり眠ってしまった時なのである。

そうなれば、もう家に戻って布団に寝かせつけても大丈夫なのだが、ぼくはまだ散歩をつづける。海ちゃんが眠ってしまってからが、ぼくの散歩になるからである。けれども、やはり歩調は変わらない。海ちゃんのことはもう全然気にしないが、お昼寝の散歩であることに変わりはない。ゆっくりゆっくり、親亀の上に子亀のように歩いて行く。

見ると、ヨモギの花が満開である。ここらでは一番たくさん生えているヨモギが、いつの間にか四十センチも五十センチもの高さにとう立ちして、そこに目立たないけれども無数の白い花を咲かせている。ヨモギの花などこれまでよく見たことはなかったのだが、ひとたびそれが眼に入ってくると、そこらは全くヨモギの花の世界で、道沿いにぎっしりとヨモギばかりが咲いているのであった。ひとつの花はゴマ粒より小さいが、一株ごとに数百という感じで咲いているので、かなりの量感がある。ヨモギというより、ヤマヨモギと呼んだ方が正確なような感じであった。少なくとも、春のやわらかなヨモギの面影はもうわずかしかない。

ぼくの思いは、アメリカインディアンの人達がセイジと呼ぶ草につながって行った。セイジは英語であり、インディアンの部族のことばで何と呼ぶのかは分からないが、辞書で引くとヤマヨモギの一種と出ている。実はこの二、三年ほど、アメリカインディアンの物語を一冊ぼつぼつと翻訳してきて、つい最近ようやくそれを仕上げたばかりだった。その本の中にセイジという植物が何回か出てくる。

彼らの文化の中では、セイジはある神聖な植物であり、儀式の時などには東洋の文化が線香を焚くようにそれを焚くのを、これまでに見聞してきた。一方セイジは、ハーブの一種として、すでに日本の市場にも入ってきている。セイジをそのままセイジとして使うか、ヤマヨモギと訳すか、迷ったばかりなのであった。迷ったあげく、やはりヤマヨモギと表記することにしたばかりだったので、ヤマヨモギということばが思い浮かんだとたんに、それが逆にセイジと結びついてしまったのであった。

そういうことがあったので、いっそう目前のヨモギの花に興味がわき、一枝折り採ってよく調べてみた。離れて見ていた時は白色と見えた小粒の花は、間近で見るとむしろ淡い緑色といった方がよく、白色ではなかった。試しにその花を指ですりつぶしてみると、かなり強いハッカの匂いが、つんと鼻をさした。気のせいか、それはアメリカインディアン（この頃はその呼び方をやめてネイティヴアメリカンと言う）の人からいただいて、手元に置いてあるセイジの匂いにとてもよく似ていた。セイジはむろん花ではなく葉で、一枚一枚はヨモギの葉とは比べものにならないほど大きく、厚さも厚いのであるが、そこにある匂いには共通するものがあった。セイジも、ヤマヨモギの一種とされているからには、ヨモギの仲間のはずである。共通の匂いがあっても少しも奇妙ではない。

ネイティヴアメリカンの自然観に基本的に共鳴し、従って白人文明の自然観には対峙せざるを得ないぼくとしては、そのささやかな発見を、大発見でもしたよらに喜んだ。ぼく達の日常生活は、物質的にも精神的にも否応なしにアメリカ文明化されているけれども、ヨモギという草をとおして、それに対峙し、自分なりにそれを越えてゆく回路が、またひとつ見つかった気持がしたからである。

このことについては、正確を期するために、後日さらに詳しく辞書類に当たって調べてみた。セイジというのは、ただそれだけではサルビアの仲間のことである。セイジブラッシュがヤマヨモギの一種で、セイジブラッシュ・ステイツというと、これはネバダ州のことだそうである。おそらく、ネバダ州にはたくさんヤマヨモギが自生していて、アメリカの州の中では田舎の州なのであろう。田舎の州だからヤマヨモギ州などと嘲けられ、日本の青森県がウランとプルトニウムを押しつけられているのと同じに、核兵器の実験場を押しつけられてしまったのであろう。

奇妙なことに、チェルノブイリの意味はニガヨモギであるという。ニガヨモギなどと呼ばれる僻地に、ソヴィエトもまた原子力発電所を押しつけたのである。

牧野大植物図鑑によれば、ヤマヨモギというヨモギ属の植物があることはある。

けれどもその葉は、どう見てもぼくが持っているセイジの葉とは似ていない。だから和名のヤマヨモギと、セイジブラッシュとは別の植物だと考えた方がよい。ちなみにニガヨモギというヨモギは、図鑑に出ていないから、セイジと同様、日本には自生していないのかも知れない。今のところこれ以上のことは分からないが、読者に詳しい方があれば教えていただけると有難い。

ヨモギの花は、手に取って見れば淡い緑色なのに、道ばたに咲いている時はどう見ても白色である。それは、周囲の葉のより濃い緑との対比でそう見えるのだが、その白い色が美しくて、ぼくはヨモギの花と初めて本当に出会っていたのだった。逆にいえば、これまで何年も、何十年も、秋になればヨモギは花を咲かせていたのに、そのことにぼくは少しも気づかなかった。心のありどころが、そこになかったからである。

ヨモギの花を見ながら、ゆっくり道をくだって行くと、眼のはしに何か大きな花が映った。それまでずっとうつ向きに、いく分は腰もかがめて歩いていたので、眼に映ったものは何だろうと驚き、顔をあげてその花を見た。それはフヨウの花であった。

こちらではフヨウはありきたりの花で、谷筋でも道ばたでも原野でも、陽当りのいい所ならどこにでも自生しているのだが、いきなり眼の前に、巨大とさえ感じられる大きな花が現われたので、ぼくはびっくりしてしまった。実際、ぼっというような音をたてて、その花は突然現われたのである。

少しピンクがかった白色の花が、五つか六つ薮の中に豪華に咲いていた。

高貴ということばと同様、豪華ということばもぼくは決して心からは好きになれないのだが、野に咲き、それも野のいたるところに咲く花であるから、ぼくはフヨウの花が好きである。それにいつもなら、フヨウは豪華な花ではない。ひとつひとつは大きな花であるが、さらに大きな野の全体の風景の中では、秋の野を美しく彩る可憐な花でさえある。それが、あっというほど豪華に見えたのは、それまでぼくがゴマ粒ほどのヨモギの花に眼と心を奪われていたからであった。

3

海ちゃんを布団に寝かせつけようと家の中に戻ってみると、うまい具合にすみれちゃんも眠るところであった。ここらでは、十月に入ってもまだ蚊がいるから、すみれちゃんが眠ると小さな蚊帳をかけてあげる。妻は、ちょうどその蚊帳をひろげているところだった。ぼくはぼくで、別の部屋に海ちゃんを寝せる。これを分断作戦と呼んでいるのだが、それは、二人がうまく同時に寝てもいっしょに寝かせておけば、どちらかが起き出してぐずるともう一方も起き出してしまい、お昼寝が台無しになってしまうからである。

この分なら今日は、彼女も十分か二十分、うまくすれば三十分も昼寝ができるだろう。あとのことは彼女にまかせて、僕はまた家の外へ出て行く。

家の前には、まだサエの花が咲きつづけている。これは、二年前に山辺の道ばたに咲いているのを見つけ、スコップで掘ってきて移し植えたものである。だから元は野の花であるが、移し植えたので今では野の花とは呼べないかも知れない。
　ショウガに似た葉で、丈は二メートルくらいまで伸びる。掘ってきたのは一株だったのに、二年の間にどんどん株が増えて、いつのまにか家の前の一角を占拠するほどになった。純白の蝶の形をした花を八月頃から咲かせはじめる。強い甘い芳香を放つので、わが家を訪れる人は自然にその花に気づき、これは何という花かと聞かれる。

　島の人からサエの花とは聞いているが、それ以上のことが分からない。ショウガ科の植物であることは確かだから、牧野大図鑑で調べてみるが、それには載っていない。牧野大図鑑には補逸というもう一冊があり、そちらには載っているのかも知れないが、それはぼくは持っていない。なにしろ一冊が三万五千円もする高価な本なので、貧乏人には本鑑を買うのもやっとのことだったのである。

　植物に詳しそうな人に会うごとに、それを聞いてみるが、明確に教えてくれた人はこれまでにはなかった。島人のひとりが、今年になってサエの花ではなくてサエンの花だと教えてくれたのが、名前に関する限り正確になった唯一の変化であった。

よく見れば、島の磯辺にも、山辺にも、道路わきにも、ところどころには咲いているのだが、どこにでもあるという植物ではない。サエンの花で充分だという気がする一方で、この珍しくもあり、わが家の花ともなった植物の和名を知りたいという思いが、ずっと胸の内にあった。

九月の末に、一年半振りくらいに島の反対側にある植物園へ行った時に、その植物の名前が分かった。ホワイトジンジャーという名であった。そう分かって大いに喜んだが、ホワイトジンジャーなどという洋名では、まだ胸の底にしっくりしない。ヨモギをヨモギと呼ぶように、しっくりと、すとんと落ちる呼び名がきっとこの花にもあるはずである。

そのサエンの花もふくめて、今ここらでは、秋の野の花が盛りである。眼をふたたび足元の大地におろすと、夏の名残りのムラサキツユクサの青い花が、まだところどころに咲いている。それにまじってアカノマンマの花が元気よく咲き出し、タニソバの白い花もぷちぷちと咲き出している。ツルソバの花もヌスビトハギの花も咲いている。そのほかにも、まだ名前を知らず、従ってまだ本当には出会っていないゴマ粒ほどの花をつける植物達が、見れば見るほど何種類も、ぞくぞくするような美しさで咲き出している。

ゆっくり歩くと、ゆっくりの世界が見えてくる。幼児と赤ちゃんと二人も小さなのがいれば、とてもゆっくりなどできないのは仕方がないが、お昼寝の散歩が習慣になったおかげで、そうでない限りは決してしないようなゆっくり歩きを、恵まれることになった。もともと島の時間はゆっくりしているが、その中でも特別にゆっくりした時間を、恵まれることになったのである。

ゆっくりすることは、アメリカ的産業文明の中では許されない価値観であるが、それはそのまま、その文明が大きな欠陥を持った文明であることを示している。ヤマヨモギが生へのひとつの回路であるのと同様、ゆっくりした親亀の上に子亀の時間も、より自由な生への、より根源的な回路なのだと感じないわけにはいかない。

娘の出発

1

三月二十二日に、娘は東京の大学に進学するためにこの島を出て行った。死に別れということがむろんあるが、生き別れということもあると強く思い知らされたほどに、淋しい思いをまたもやさせられた。島から子供を送り出すのは今度で五人目であるが、女の子を出すのは初めてなので、その淋しさには特別のものがあり、これこそ人生なのだと耐えねばならないほどであった。

離れになっている娘の部屋に行ってみると、三月二日に行なわれた卒業式の日の紅白リボンのついたままの制服が、壁にかけて残されてあった。出発前があわただしかったのか、部屋は乱雑で掃除もしないまま取り散らされていたが、そのことに腹を立てるより先に紅白リボンのついた制服が眼に入り、彼女がもういないという事実に、あえなく打ち敗かされてしまった。

バイク置場には、通学用に使っていたバイクがそのまま残されていた。バイクがそこにあるということは、これまでは彼女が家にいる証拠であり、自分の部屋でカセットでも聞いているか寝ているか、それとも台所で食事作りの手伝いをしているかである。バイクがあるのに本人がいないのはなんとも面白くないので、それをもらってくれることになっている友人に早速に電話をし、なるべく早く引き取ってくれるように頼んだ。友人はすぐにやってきて引き取ってくれたが、そうなるとまた今度はバイクがないのが淋しさの種になった。

2

淋しさから人生を見ると、人生は淋しいものにほかならない。これまでにもたくさんの淋しいことがあり、何度かはもう立ち直れないのではと思うこともあったが、生きる衝動のほうがやはり深くて、そのつどそれを何とかしのいできた。振りかえって見ると、それは逆に自分の生きる力であり、数々の淋しさをこそ種子として自分は生きてきたのではないか、とも思う。

アフリカのザイールやコンゴで類人猿の研究調査をしている人達の話によると、チンパンジーは夕日を眺めるそうである。アフリカに行ったことがないから実景は知らないが、サバンナに落ちてゆく夕日はとても大きく、壮麗で厳粛なものであるようだ。京都大学の霊長類研究所を中心にしたアフリカ好きのスタッフ達の話によると（屋久島も猿が多いので、その分室がある）、誰しもがその夕日の美しさに打たれて、思わずカメラのシャッターを切るほどであるという。するとザイール人の調査協力者達は珍しがって、日本には夕日がないのか、と冗談とも本気ともつかぬことを言うのだそうだ。

そんな夕日を、チンパンジー達が眺める。猿の意識と人間の意識の中間にあるらしいチンパンジーは、夕日の中に何を見ているのであろうか。ただ夕日を眺めているのだとしても、それを美しいと眺めているのだろうか、淋しいと眺めているのだろうか。それとも、美しくも淋しいと眺めているのだろうか。

　チンパンジーはまた、満月の夜には太鼓を叩いて叫び踊るそうである。ザイールのジャングルには、板根（ばんこん）と呼ばれて根元近くが板のようになる樹がある。地上に出ている根の部分が板のような形になり、四方から支柱を立てるような具合に、その板根で樹は自分を支えるわけである。二まわりも三まわりもあるような巨木でも、根の深さは一メートルそこそこなので、その不安定を板根によって支えるのだという。

　チンパンジー達は、その板根を太鼓がわりに叩きながら、満月の夜には大騒ぎをするのだそうだ。これは、サル学ではなくて植物と動物の関係生態を調べている湯本貴和さんに聞いたことであるが、ザイールの村人の間では、チンパンジーの太鼓叩きのことは誰にでも知られており、特別に珍しいことではないようである。湯本さんは遠くから実際にその騒ぎを見たのであるが、遠くから見る限りでは、どうしても人間の踊りとしか思えなかったという。

　夕日を眺めるチンパンジーと、満月の夜に踊るチンパンジーの姿を思い浮かべる時、僕には、なぜかそこにぞくぞくするような自分の人生がある。それが淋しいものなのか、楽しいものなのか、はっきりと判別はできず、淋しいかも知れないし、楽しいかも知れないとも思いつつ、それこそが生きることの原点で、ほかのことは形容詞のように二次的な意味しかないのだ、と思わされてしまう。

チンパンジーになりたいというわけではない、チンパンジーに帰りたいというのでもむろんない。まだ実際には会ったことのないその人達から、生きることの原点の原点とも呼ぶべきものを、直接に思い知らされるような気がするのである。

淋しい時には、夕日を見る。

楽しい時にも夕日を見る。

淋しい時には、海を見る。楽しい時にも海を見る。それがこれからどのように変わろうとも、いつまでもできる地球でなくてはならないし、地域でなくてはならないと思う。

3

若い頃から世界中の国々を旅して歩き、この十年ばかりはニューヨークに住みつづけてきた作家の友人がいる。昨年の暮れにニューヨークに見切りをつけて、一家で日本に戻ってきたので、正月明けに東京で会うことになった。お互いに数えてみると、会うのは十一年振りのことで、とても懐かしく、うれしかった。ニューヨークと屋久島という、あまりにも異なった文化圏に住みつづけての再会だったが、チンパンジーで言えば満月の夜のように心騒ぐ再会であった。

その時に、モロッコのアトラス山で採れたというオーム貝の化石を、おみやげにもらった。説明書きによれば、それは約三億五千万年前のもので、その頃アトラス山の一帯はまだ海底だったそうである。人類の発生は、どう古く見積もっても五百万年前以上ではないから、その化石は人類が地上に出てくる三億四千五百万年前のある情報を、僕に伝えてくれたことになる。

不思議なもので、その化石を手にしたとたん、これまではほとんど興味のなかった先史生物時代の年表が、にわかに身近な手触りのあるものに変わってきた。

先カンブリア時代と呼ばれる源初の生物時代は、約三十五億年前に始まる。それが三十億年続いて、五億年前から古生代・オルドビス紀と呼ばれる時代に入る。この頃にカイメンやクラゲなどに混じって、オーム貝がそこに属する軟体動物などが生まれてくる。おみやげにもらった化石の三億五千万年前という年代が正確ならば、その時代は同じ古生代のデボン紀と呼ばれている時代である。そういうこれまでは興味のなかった地質時代の呼び名が、すでに人類のいる縄文時代や弥生時代のような親近感とともに僕の中に入ってくることになった。デボン紀から数えて人類が発生してくるまでには、先に記したように三億四千五百万年という時間が必要であった。人類が、まだその萌芽であったかないかという無限の過去の、まぎれもないひとつの事実であるオーム貝の化石に触れることは、やはりどうしようもなく人類の歴史に触れることであり、それ以上に直接に、自分というものの歴史に立ち会うことであった。

私はかつて、オーム貝であった。
私はかつて、オーム貝として人類という夢を見ていた。
私はかつて、オーム貝として海という暖かさの内にあった。
私はかつて、オーム貝の生まれた海であり、海そのものであった。

オーム貝が、その発生の源である海そのものに還るためには、三十億年という時が必要なのであるが、ひとたび気持の中でオーム貝まで還ることができると、三十億年というのは数字にすぎない。無限の昔、僕は海であった。

4

一月末のよく晴れたある日、僕達は永田の浜へお弁当を食べに行った。太陽さえ出てくれれば、この島はいつだって春のように暖かい。この頃僕達は、時々晴れた日には永田浜へお弁当を食べに行くのだった。

少し黄ばんではいるが、見渡す限り白い砂浜のつづく永田浜に着くと、海は夏のように真っ青であった。普段は山に囲まれた谷間で暮らしているので、水平線の広がる海を目前に見たり、渚に立つということはやはり特別なことである。

砂山を背にした陽当りにシートを敷いて、二歳の海ちゃん、九ヶ月のすみれちゃんにもお弁当を食べさせながら、妻と四人で海を眺めていると、突然ひとつのことが了解された。

それは

「海はそのまま如来である」

ということであった。

如来とは、むろん釈迦如来の如来であり、阿弥陀如来の如来である。ここに現前するブッダを釈迦如来と呼び、現前する阿弥陀佛を阿弥陀如来と呼ぶ。如来とはだから、現前すること、を意味する。

砂浜に座りこんだ位置からは、海は目の高さとほぼ同じ高さにあった。波は静かだったが、それでも盛り上がって砂に砕ける直前には、目の位置よりも高くなるようにさえ感じられた。盛り上がったその真っ青な透明な海が、そのまま海如来であることを、その時僕は知らされたのだった。

「海は、海如来なんだな」

妻に、力をこめて僕は言った。

「そうだね」

彼女は即座に同意した。

彼女の、即座のその同意が、海は海如来であることを知ったのと同じほどに、僕にはうれしかった。

人生は淋しいものではあるが、時々自然や人は、その淋しさが虚妄であるかのような美しい時を与えてくれる。

そんなことがあってからしばらく日が経ち、またある日海を見ていた。永田浜にはたまに行くだけだが、麓の一湊の町までは毎日用を足しに行くから、山に住んでいても海を見ない日というのはまずない。

その日の海は、山をくだって行く道すがらに遠くから見た海だったのだが、海如来とはまた別のもうひとつの了解をもたらしてくれた。それは、海は今も生きている、という、がく然とするような事実であった。

三十五億年前のその頃に、海には初めてバクテリアや藻(そう)類などの生物が発生してくるのであるが、それを発生させた海はむろんそれ以前からそこにあった。それ以前からそこにあった海は、そのまま今日まで変わることなく、ただそのまま生きつづけていたのだった。

オーム貝の化石は、化石として三億五千万年前のある情報を僕に届けてくれたのであるが、海は、化石ではなくて生きたそのままの姿で、四十億年とも五十億年とも知れない始源を、始源のままに眼の前に展(ひら)いてくれていたのだった。

私はかつて、オーム貝であった。
私はかつて、オーム貝として人類という夢を見ていた。
私はかつて、オーム貝として海という暖かさの内にあった。
私はかつて、オーム貝の生まれた海であり海そのものであった。

私はかつて、海であった。
その海に、むろん私はいなかった。
海を見る人はだれもいなかったが、その時と同じように、海は今も生きている。

海の水に触れることは、だから、四十億年も五十億年も生きつづけている生命に触れることなのであった。そう気づいた僕は、その日はどうしても海に触れたくなり、途中で寄り道をして、オワンドと呼ばれている小さな浜へ行った。風の冷たい曇り空の夕方だったが、渚の水はこれまで僕がなじんできたただの海ではなくて、生命そのものであり、生命を生み出しつつある水でもあった。

5

娘を送り出したのは三月二十二日であったが、送別会をしたのはその前夜の二十一日だった。送別会には、白川山の人々を中心に大人と子供と合わせて三、四十人の人達が集まってくれた。持ち寄りの御馳走を食べながら、小さい子供達から順番に簡単な送ることばをはなむけるのが、いつのまにか送別会の通例になっている。

今年小学校に上がる木咲(きさき)ちゃんと竜(りゅう)くんから始まって、中学生、高校生が終わり、大人達もそれぞれの気持を伝えてくれた最後に、その夜集まってもらったお礼も兼ねて、僕も送ることばを娘に与えた。それはあらかじめ考えてあったもので、自分の詩を読んだのである。

山　人を見る

人　山を見る
山　人を見る　と
足柄山に住む　和田重正先生はいわれた
深く　そのとおりである

田舎には
田舎の　静かな光がある
権力を望まず
経済力を望まず　知力さえも望まず
ただいのちのままに　日々の努力によって
暮らしている人達の
静かな光がある

人　海を見る　海　人を見る
人　川を聴く　川　人を聴く
そして満月の夜には
人は深々と満月を眺め　満月もまた深々と人を眺める

田舎には

これからの千年も変わらない　田舎の光がある

——『新月』（くだかけ社刊）より

明日は島を出ようという娘に、今更島のよさ、田舎のよさを伝えても仕方ない、という気持もあったが、田舎には、これからの千年も変わらない、田舎の光がある、という最後の二行が伝えたくて、その詩を読んだ。けれども、そのよさはすでに彼女も知っているはずのことであるから、詩とは別に

「振り向かず、ただ行きなさい」

という言葉もまたつけ加えて与えた。

これから何年、娘が都会に住むことになるのかは分からないが、振り向かず真っ直ぐに歩いていたら、いつか彼女の眼に山や川や海の風景が見えてくるかも知れない。文明は、そういう曲がり角に今明らかにさしかかっているのだと、淋しい者は考えるのである。

桃の花と菜の花

1

　ある日、離れになっている書斎に入って行くと、机の上のカップに桃の一枝と菜の花が活けてあった。知らぬ間に妻が活けてくれたのであるが、まだ全体としては寒いのにそこにだけは本当の春があって、アッという意外の思いであった。

　それは三月二日、明日はひな祭りという日だったが、家の桃の木はようやくいくつかの花を開き、そこには梅とは明らかにちがう本当の春が訪れていた。また、畑では早くもとう立ちした菜の花が何本か黄色の花を咲かせていて、春はやはりそこにも来ていた。桃の花と菜の花はそれぞれに独立してそれぞれの場所で春を迎えているのだが、全体としてはまだ寒さの方が支配的で、ひとたびシベリア高気圧が張り出してくればたちまち冬に逆戻りして、菜の花も桃の花もうそ寒い幻影のようにしか見られなくなる。北国の寒さはむろんいっそう厳しいであろうが、南島には南島特有の寒さがあって、春を待てば待つほど私達は、その春先の寒さに汚される。

その日書斎に入って行った私がアッと思ったのは、桃の花と菜の花がいっしょに活けてあったことによる。なぜか知らぬが、私は、今年は桃の花は桃の花として眺め、菜の花は菜の花として眺めていて、それを取り合わせるという気持の傾きが少しもなかったのだった。桃は桃であり、菜の花は菜の花なのだからそれはそれで自然のなりゆきであろうが、部屋に入って机の上のカップにその二つがいっしょに活けられているのを見た時、そこに在る花の確かさに驚くと同時に、そういう単純な取り合わせをなぜ自分はこの春気づかなかったのかと、うかつに生きていることを知らされる思いであった。

桃の花には、何よりも菜の花が似合う。そして菜の花には何よりも桃の花が似合う。二つが相和（あいわ）した時に、本当の春がくる。本当の春というのは、心で感じ、眼で見ることができるひとつの神なのである。神はなかなか訪れてはくれないが、待っていると不意に何気もなく訪れてくれて、それが神であり、本当の春であることを示してくださる。

神は、気安く神、神と呼び棄てにできる性質のものではないが、それ以上に、自分とはほど遠いどこか別の場所に奉るべき性質のものではない。神は、たとえば桃の花と菜の花の取り合わせのように、ある日ある時、眼の前に、静かに暖かく、しんと現前するこの上なく善いものの呼び名なのである。

私達は、様々な善いものを求めて、ということは様々にある善いものの中で究極的に善いものを求めて、日々暮らしているのだが、究極的に善いものとはやはり神そのものにほかならない。私が何かに神を感じ、何かに神を見るならば、その時私は私の究極の内に在るのだと言える。

キリスト者ならばそれをキリストと呼び、浄土教ではそれを阿弥陀仏と呼ぶ。禅者は全機現と呼び、神道の人はまた別の名で呼ぶようである。どの名で呼ぶかは、その人の個性や遺伝、家族環境や社会環境に依るから、むろんそこに優劣や差別はない。神とは、その人その人にとっての究極の善いものの別名なのであり、もう少し社会的に見れば、その民族その民族にとって、あるいはその時代その時代にとっての究極的に善いものの別名なのである。だから神はこの地上において無数にあり、八百万（やおよろず）どころか八千万も八億もあるはずのものなのであり、これだけが真の神であるという客観的な断定は有り得ない。真の神は、常に私の真の神なのであって、それがあなたの神であるかどうかは分からない。意識のレベルが進化向上すれば、やがて私の神があなたの神として理解されるだろうというよくある論理は、いつの時代にもどこにも繁栄している宗教的な論理であるが、それは宗教であって、神ではない。むろん仏でもない。神、そして仏は、必ず深く、深く私一個にとっての神であり、仏であるよりほかには在り様がない。

2

一月の三十日に、ある縁で薩摩半島の南端にそびえる開聞（かいもん）岳の麓に立つことができた。その日は、大寒のさなかとしては暖かい日で、さして風もなく、晴れたり曇ったりの日であった。薩摩半島の気候は温暖なようで、指宿（いぶすき）から開聞岳自然公園に向けて走る車からはあちこちにブーゲンビリアの赤い花が、菜の花や梅の花に混じって咲いているのが見られた。私の住む屋久島は、その薩摩半島の南端からさらに六、七十キロほど南下した位置にあり、地理的にはいっそう南なのであるが、その北端の私達が住む一湊（いっそう）という集落の近在では、冬にブーゲンビリアが咲くのを見ることがない。薩摩半島の南部は、屋久島の北部より冬が暖かいのだろう。

開聞岳は、標高九二二メートルのさほど高くない山であるが、海からいきなりすり鉢を伏せた姿でそびえ立ち、薩摩富士の別名でも知られている独立峰である。全山がびっしりと照葉樹林でおおわれていて、真冬のさなかでも青々と緑が濃い。麓の一帯は自然公園として整備されており、鹿児島を代表する観光地のひとつなのであるが、私が訪れたその日は私達三人のほかは観光客の姿はなかった。

眼の下には東シナ海が青々と波打ち、眼を上げるとそこに開聞岳が、巨大で素朴な緑の塊としてしんと迫ってくる。私はそこに、わずか二十分ほどしか立ちつくしていなかったのだが、その間、山の上の空はずっと晴れつづけていて、青空と陽光の中の巨大な緑の塊の山を拝することができた。

山と人との関係は、神と人との関係と同じで、むろん様々な、無数といってよいほどの形がある。ひとりの観光客として、美しい山を、つくづく眺めるのがひとつの関係であり形であるが、つくづく眺めるだけでは物足りない思いに駆られて、掌(て)を合わせることもある。山に向かって掌を合わせると、山と人との間には礼拝という関係が生まれ、形が生じる。それは何も大袈裟なことでも殊勝なことでもない。善いものに出会って、ああと息を呑み、息を吐く延長にある体の行為のひとつで、合掌というのは、身心が笑ったり泣いたりするのと同じ体の表現のひとつなのである。

山に向かって掌を合わせると、山は、美しいものであるよりは大いなるものとして、私の前に仰がれる。アメリカインディアンの文化伝統の内には、世界に内在し、世界として現われている何かしら大いなるものを、大いなる精神(グレイトスピリット)と呼ぶ慣わしがあると聞くが、合掌という関係において仰がれる山は、山でありながら私を越えた大いなる私（スピリット）であるという感覚をもたらすものであり、アメリカインディアンの伝統にも類似しているということができよう。

私が日本で出会った一人のアメリカインディアンの若者は、右手を高々と山にかざして、その手から山のスピリットを自分の身心にもらう、という関係、形を持っていた。長野の八ヶ岳の麓で、彼が実際にそのようにふるまうのを見たが、その姿はとても美しく、真実のあるものと私には感じられた。

十五年以上も前のことになるが、屋久島に住みはじめてまだあまり年月が経っていない頃、町の二十周年記念誌に詩を寄稿したことがある。その詩の内容をもう覚えていないが、最初の書き出しを、山に向かって頭（こうべ）をたれる、という一行から初めたことはよく覚えている。掌（て）を合わせるまでもなく、初めて出会った人同志がするように、心をこめて山におじぎをするというのも、山と人とのひとつの関係であり、関係の形であろう。

開聞岳の麓に立った時に（そこにいた間、私はその日とても疲れていたけど、ベンチに腰をおろす気持にならなかった)、そのあまりにも豊かで、濃密で、明らかな、大いなる緑の塊に圧倒されて、私はしばらくは呆然とその緑に吸いこまれていたのだが、その内に我に返って、その緑の巨塊に向けて柏手を拍った。私をその地に案内してくださった、鹿児島県私立保育園連盟の会長さんと事務局の人は、そんな私の行為を多分奇異なものと見られたであろうが、私としては折角その地まで案内していただいたのであるから、気持の向くままに自然にふるまうのがむしろ礼にもかなうことのように思われて、心楽しく柏手を拍った。

柏手というのは、気持よくパーンパーンと音が出る時と、くすぶった湿ったような音しか出ない時と、その中間の場合と、やはりその場その時の音の出方がある。興味深いのは、パーンパーンと明るいほがらかな音が出れば気持がよいが、湿ったくすぶったような音では気持がよくない、と決まったものではないことである。くすぶった音にはくすぶった音の味わいがある一方で、明るい音には明るい音の辛さというものがないわけではない。

私達は、神社に参拝すると柏手を拍つ伝統を持っているが、それは決して意味もない儀式の伝統なのではない。人間は、声という振動において自ら音を発することが出来るが、手を拍つという振動において、確かなもうひとつの音を生み出すことが出来る。この二つに限るつもりはないが（とりあえず足踏みは第三の音であろうか）、ヒトが自ら音になる、音を発する存在であるということは、ヒトという生命現象の性質が音という喜びに、そもそもの源初から浸されていることを示しているのだと思う。

チンパンジーは、満月の夜には木を叩いて歌い踊るというし、森のキツツキは、静かな森の中に響きわたるキツツキの音を自らも楽しんでいるかのように感じられるが、自らの手を拍ち合わせて音を発し、それを喜びとするのは人間だけだと思う。ゴリラが両手で胸を叩いて相手を威嚇するのをドラミングというが、これは人間以外の動物が自分の身体を使って音を発する例外のひとつと言える。ゴリラの場合は威嚇であるから、それを喜びとするのはやはり人間だけなのだと思う。

動物としての人類学の詮索はこれ以上に出来ないけれど、人間が手を拍つという行為は、人間に特有な、人間の源初から恵まれてある喜びの発露なのだと、私は考える。神前に柏手を打つという儀礼がいつ頃から定着してきたのか分からないが、私には、手を拍って喜びを現わし、喜びを現わすことによってさらに喜びを深めるという人間の本性のひとつは、すでに旧石器時代には宗教的な儀礼のひとつとして確立されていたもののように思われる。

神とは喜びをもたらすものだとすれば、喜びはそのまま神である。山が、濃い緑の全容を現わして私を喜ばせてくれるからには、山はそのまま神である。そこに向けて柏手を拍つのは、伝統儀式にのっとったものではあるけれど、それと同時に儀式が発生した源である、儀式とは無縁の素朴な身体の喜びの表現（満月の夜にチンパンジーが木の根を叩いて踊るのに近い）そのものでもある。

身体の素朴な喜びは、文字で伝えることはできない。だからあなたに、気持を静かにして、試みにその場で手を拍ってみていただきたいのだが、そうすれば、手を拍つこと自体が心地よい、ひとつの非日常の行為であることに気づかれるだろう。

巨きく迫る緑の山に対して、その喜びに対して柏手を拍つと、山の喜びと私の喜びは相和して、突然に得も言われぬほどに深いものとなる。

3

喜びの奥深くには、死がある。死そのものというよりは、死の肯定がある。そのことを仏教では生死（しょうじ）一如と表現し、神道では顕幽合一と表現するのであるが、死をどこかよそにおいた喜びは、そこにそのまま身心をゆだね切ることのできる喜びではない。

日本民族（というものが正確にあるかどうか分からないが）にも、他の民族と同様に、山中を他界とするひとつの伝統がある。伝統とはこの場合、整えられた喜びの形式のことであり、人が死んだ後にはその霊魂は山に帰る、とする生の肯定、従ってまた死の肯定の伝統である。私は、この伝統には、他の宗教が示す死生観と比べて少しもひけを取らない真実があると感じている。人は死んだら骨になる、という考え方があるし、天国の神の御元に行くという長い伝統があるし、西方浄土へおもむくというやはり長い伝統もある。そのどれもが真実であるように、死後人の霊魂は山に帰るという伝統は、生に深い喜びをもたらすものであると思う。この立場は、仏教においても神道においても含まれているが、最も正確にはアニミズムによる死生観として位置づけることが適切だろう。

一月の三十日に、その時だけはよく晴れわたってくれた開聞岳の麓に立ちつくし、柏手を何度も拍った時に私に訪れたのは、濃い緑の山の全容そのものに浸された緑の私自身であり、開聞岳と呼ばれる大いなる山そのものの静かな呼吸であった。死の肯定であった。

山を見つめ、しばらくその静かな大いなる喜びに浸されていたが、やがてひとつの思いがやってきた。

〈薩摩半島に住む人達は幸せだ〉

薩摩半島に住む人達は、日々にその山を眺め、その山の喜びを分かち与えられ、そうしたいと望めば死後はその山に霊としても骨としても帰ることができるだろう。

一人の訪問客であるから、私がその地で死ぬわけではないが、私がその地で死ぬとしても、そこに帰るべき山がしっかりと在る。死をそこに帰す場がしっかりと在るということが明らかに感じられて、そこに住む近在の人達の幸せが思われたのだった。

開聞岳の麓の開聞町には、「ひらきき神社」という、開聞岳を祀った古い神社があると、会長さんが教えてくださった。若い頃会長さんは、開聞岳に登るべく二人の少女と共にその神社の境内に蚊帳(かや)を張って一晩過ごし、次の日に三人で楽しい登山をしたのだという。お願いして、その神社に車を廻していただいた。あまり大きな神社ではないが、街なかの一角にまさしく開聞岳を真後に祀った位置に、その「枚聞(ひらきき)神社」はあった。

境内に入ると、すぐに伊勢神宮の遷宮についての寄附金募集の大きな看板が目に入り、その神社が、昔はともかく今は伊勢の末社に取り込まれた国家神道の場であることが分かって、がっかりした。祭神はやはり「おおひるめのむち神」で、おおひるめのむちは、天照大神の別名である。日の神、太陽神として天照大神を嫌らいわれは少しもないのだが、それがいつの頃からか天照皇大神となり、天皇を中心とする国家神道を形成してきたなりゆきを多少は知っているので、天照大神（日の神）と天照皇大神（皇室神）とは別のものだと考えようとしても、どうしても重なり合うものが出てきてしまう。

それでも折角案内していただいたのだから、本殿にお参りして柏手を拍った。けれども私が柏手を拍ったのは、むろん天照皇大神としてのその神社の祭神へ向けてではない。本殿の建物にさえぎられてそこからは見えないけれど、本来祀られつづけてきたはずの御神体としての開聞岳そのものへ向けて柏手を拍ったのである。古代の神よ、その生きた姿において甦ってください。記紀よりも古い、源初の土地の喜びの神として、甦ってください。そのような思いにおいて、柏手を拍ったのであった。

会長さんは、そこから更に池田湖や知覧の武家屋敷跡などの、薩摩半島の名所遺跡を案内してくださったのだが、私の胸の内にはずっと「枚聞（ひらきき）神社」という初めて見聞した名前について、考えなくてはならないものがあった。

「開聞岳」の、「開聞」という呼び名にはほとんど意味がないような気がする。開き、聞くというシャーマニズムの出来事がかつてその山で行なわれ、その山に入って身心を開き神の声を聞く、ということが行なわれたと解釈できぬでもないが、そうであれば神社名が「枚聞（ひらきき）」であるわけはない。

開聞岳は薩摩半島の南端に位置し、よく晴れた日には私達の屋久島からさえ見遙かせる山である。南西諸島から鹿児島へ向かう船は、先ずその山影を目指してくるのであるし、逆に鹿児島から南西諸島へ向かう船は、右手にその美しい山容を眺めつつ九州本土に別れて行くわけである。位置からすれば開聞岳は海の門の位置にあり、「海門岳」と呼ばれることこそふさわしい。けれども神社名はひらききであり、それは必ず意味があるはずであるから、かいもんの方は後の時代の音読みによる転化と考える方が自然である。

それでは「ひらきき」とは何か。

地名を詮索することは、その地のスピリットを訪ねることである。地名によって私達は、その地に昔から住み続けてきた人達のその地との関係、源初の喜びのスピリットをかなりの程度まで推測することができる。
「ひらきき」という言葉から推測されるものは、やはり何よりも「開き」である。開聞岳の麓に立って眼下の海を見渡せば、この山が、種子、屋久を経て奄美、琉球と遥かな南方の島々へ限りなく開かれている位置にあることが分かる。またその山の姿においても、富士山のように裾を左右対称に開いた形が美しいゆえに、裾を美しく開いた山、ひらき岳、という呼び名も納得できぬものではない。

けれども「開き」だけだとすると、「枚聞（ひらきき）」にせよ「開聞」にせよ、「聞」という漢字が共通して残されていることが気にかかる。その山にはやはり、「聞く」という人の行為が何かの形において関わっていたのかも知れない。琉球シャーマンの最高位が「聞之大君（きこえのおおきみ）」であることを私達は知っているが、シャーマンの特異能力のひとつは「聞く」ということである。開聞岳は、その麓に住む人達の何千年間の歴史において、当然何百人ものシャーマンを生み育てたであろうから、「聞く山」としての存在であり続けたことも考えられる。そうすると、最初に考えたシャーマニズム由来の呼び名ということも、まんざら唐突なものではないことになってくる。

地名学の知識のごく浅い者の推測だから、あくまで推測にすぎないのであるが、このように考えてくると開聞岳は、海門岳であり、開き岳であり、聞き岳でもある三つの要素が複合されて、開聞岳として固定されてきたのではないかと思う。

九州の最南端は薩摩半島ではなくて、向い合って鹿児島湾（錦江湾）を形成している大隈（おおすみ）半島の佐田岬である。開発の手がまだあまり伸びていない大隈半島は、薩摩半島に比べていっそう魅力のある土地である。その地にもやはり、開聞岳の麓に住む人達とは別の姿の、けれども同様に幸せをもたらす山や大岩や海の風景があるにちがいない。その山が喜びとしての神であり、大岩が「聞え」をもたらすものであり、海がそのまま慈悲としての如来であるような、暮らしの中の関係が確立され、伝えつづけられているにちがいない。

日常の中の、それらのささやかな、けれどもまぎれもない深い喜びや慈悲の感受の底には、その地でそこへ死んでゆく、死んでゆくことが出来るという意味においての、死の肯定が横たわっている。生が海の門に彩られ、開かれ、また、聞き取られる喜びであるならば、死も同様に海の門に彩られ、開かれ、聞き取り得る喜びとして、その底に横たわっているのが私には見える。

一神教の神ではなくて、限りなく多様な、その土地その時の小さなカミガミ、私のカミが、開聞岳の大いなる緑に触発されて、薩摩半島にも大隅半島にも息づいているのを私は感じる。

風来坊のクロ

1

八月十九日の夜、というより二十日の未明に、夢を見た。

室内で何かの小さなパーティのようなものが開かれていて、四角いテーブルがいくつか並んでいた。テーブルの上には食べ残しの皿類が、並ぶというより散らばっていて、パーティはもう終わったか終わりに近いようで、人影もまばらな感じだった。知っている人はそこに誰もいなかったので、なぜこんなパーティに出席したのだろうといぶかしい気持でいると、突然若い赤ら顔の男が現われて、私に抱きついてきた。抱きついた男の顔をよく見ると、それは、若く色つやも生き生きとしてはいるが、まぎれもなくその日の午後に息を引いたという電話をもらった、クロという名の男であった。

「クロ、死んだんじゃなかったのか」

びっくりして私が尋ねると、相手は顔をしかめて
「あれは医者が言ってるだけのことだ」

とうそぶいた。

死んだはずだが、現に生きているからには何よりだと喜んだが、あまり若々しくて、クロがクロではないようなのが少々気にかかった。

しばらくして、彼がテーブルの下にうんこをした。クロという男は、そんなとんでもないことをやりかねない人であったが、テーブルの下にうんこをするとはあんまりだ。

「きたねえなあ、そんなことをするからお前、人にけむたがられるんだよ」

私は彼の友人だから、彼が何をしようとかまわないのだが、そういうことをされては先々彼が生きていくのに差しつかえが出ると思って、私は面と向かって彼を批難した。

彼はちょっとさびしそうな顔をしたが、ずぼんをたくし上げると、もう私の方を振り向きもせず、消えて行った。

消えて行ったところで私は眼が覚め、若々しくふとってさえいたクロの体と顔を思いうかべて、そうかお別れに来てくれたのかと納得した。うんこをしたことと、パーティが何か荒れた様子であったことが気にかかったが、

「あれは医者が言ってるだけだ」

という自分の死についての感想は、クロでなくては言えないものであるし、さすがクロだとその死に方を讃えたい気持であった。

八月十九日の午後二時何分にクロさんが亡くなったと、その日の夕方に鹿児島市の友達から電話があって、葬儀には私は行けないなと思いつつ眠った夜の夢である。

クロとはもう二十五年以上のつき合いで、一時期は白川山（しらこやま）の私達の里にいっしょに住んだ。十五年くらい前に、解体した家の材木をそのままもらってきて、建坪で十坪ばかりの小さな家を皆で作り、そこを里の公民館と呼んで、旅人を泊め

たり皆で集まって話し合いをしたりする場所とした。

　風来坊のクロは、自分の家というものを持たない人であったから、公民館が出来上がると自然にそこに住むようになり、公民館長と呼ばれて、旅人が来れば旅人の世話をし、皆の集まりがある時にはあらかじめたっぷり薪を集めて、いろりにいい火を焚いて湯をわかしながら待っていた。

　十二、三年前に直腸ガンが見つかって、鹿児島の病院で手術をしてからはそちらに住むようになり、いつしか白川山の人ではなくなった。白川山の人ではなくなったが、年に一、二度は遊びに来るし、鹿児島で何かの会があってこちらが出かけて行けば、必ずその会場で会うことになるので、親しい仲間であることに変わりはなかった。

　鹿児島市でも、脱原発を目指す市民運動や有機農業、自然農業関係の運動は地道な展開が続けられており、それらとからめた映画会やコンサートなどの小集会が催されると、その会場にクロがいないということはまずなかった。

　誰かが市の近郊に農場を開くというと、そこには手伝いに行っている彼の姿があり、誰かが市内に新しい店を開いたりすると、そこにもやはり焼酎のグラスを握っている彼の姿があった。最近では、市内にできた「四季菜」という無農薬野菜の店に出入りしていたようだが、それは手伝いというより、店に面倒を見てもらっている感じが強く、外から見ていても少々は衰えのような印象を受けていた。

一個の人格として社会的に責任のある行動を取る、という価値観を持っている人ではないので、もう六十歳もほど近いというのに、クロちゃんと軽くあしらわれたり、クロさんと少々たてまつられたりして、鹿児島界隈の友達仲間の内では知らぬ人はいない独自の風天であった。

2

クロが最後に白川山に来たのは、昨年の秋だった。喉のガンがひどくなってもう一人では歩けないような状態であったが、若い付きそいの女の人に連れられて、ふらふらする体を支えられながらやってきた。

「ほら、見えるだろ」

口を大きく開けて見せるのでのぞいてみると、喉の奥に何やら飛び出している白っぽいものがあり、今度はさすがのクロももうだめかなあという感じがあった。流動食以外は喉を通らないのだという。

「手術はできないのか」

と気休めを言うと、これから鹿児島に戻ったらすぐに入院するのだが、手術はもうできないので放射線を当てるだけだという。

私としては、知り合いの心霊治療をする人の電話番号をメモして渡し、医者がだめと言っても治るものなら治るのだからお願いしてみないか、と言って帰した。

白川山の人達は、クロが白川山と屋久島に別れを告げに来たと感じ、私も半ばそのように感じたが、十年以上前にだめと言われた直腸ガンから立ち直り、これまで不屈に風天を続けてきた彼であるから、心霊治療が届けばひょっとしたらまた立ち直るかもしれぬ、という気持もあった。

十一月になって鹿児島に行く用事があり、その時に病院を見舞うと、彼は予想に反して元気だった。白川山に来た時には今にも死にそうであったのに、ベッドの上に半身を起こしたクロは、年内には退院して、正月は「四季菜」で迎えるつもりだという。

「Iさんに電話したのか」

と心霊治療家の名前を言うと

「紙きれがどこかに行っちまった。世の中医者ばかりで、たまったもんじゃない」

とうそぶいた。

元来そういう男なので、私は少しも気を悪くすることはなく、むしろその元気さが愉快で

「まったくな」

と同意した。

彼がいれてくれたお茶を、茶好きという処で彼と私はつながっているのだ、と思いながら飲んでいると

「覚えてるか。宇宙清浄、天命無常、じゃ」
と、不意にクロが言った。

それは、十年以上前の直腸ガンの時に、彼が毛筆で書いて、渡してくれた紙片の言葉であった。長い年月が経っていて、私は半ばはその言葉を忘れていたが、勝手流の細い書体で書かれたその言葉の下に、苦路、という署名のあった紙片のことが、鮮明に思い出された。

脇黒丸政治という本名で、小柄で色黒で、ひげをたくわえ、どことなくうす汚れている鹿児島生まれのクロの印象は「黒」であったが、本人の光は、そうではなくて「苦路」であったのだ。

二十五年かそれ以上も前に、クロが私達の前に現われた時には、私達は「部族」という名前によって、この管理社会を転換しようとするひとつの運動を展開していた。六〇年安保の敗北をきっかけにじわじわと確立されてきた資本主義社会体制を、コミューン作りとその連合によって崩していこうという、今にして思えば時代のさきがけともいえる実践に取り組んでいたのである。

クロは、妻子もある腕のいい靴職人で、当時は大毎オリオンズと呼ばれていた、今のロッテの前身の選手達の靴を作ったりもしていたらしいが、私達の前に現われた時には、もう根っからの風天で、淋しい影を体のどこかに黒く宿している一人身の男であった。かって彼に妻子があったなどということは、ずっと後になって何かの拍子にたまたま知ったことである。

「宇宙清浄、天命無常、だったな」

私は彼の問いかけには同じ言葉をくりかえしただけで、彼のいれてくれた三年番茶をゆっくりと、飲みつづけた。

風天だから社会的責任は取らないし、朝から焼酎を飲んでいることもあるし、どうしようもないといえばどうしようもない人間の一人ではあるのだが、クロにはひとつの徳があった。

それはお茶をいれるのがうまいことである。その場にあるどんな種類のお茶であっても、クロはそのお茶の味を生かして、その場を茶の座に変えるだけの徳をそなえていた。抹茶なら抹茶、煎茶なら煎茶、番茶なら番茶、それもそれぞれの材料の質に応じて、少々ぶっきら棒ではあるがしっとりとした、クロ流のおいしいお茶を馳走してくれるのである。

末期ガンのベッドにあっても、その心得はやはり失われていなかった。これが最後かとも思って見舞に行ったのであるが、宇宙清浄、天命無常という三年番茶をふるまわれて、この分ならまた立ち直るかもしれないと思いながら病室を出た。

3

私の家の畑では、今年は十五本ばかりのオクラを育てている。そのオクラは、三、四年前にクロが種を持ってきて、オクラコーヒーも案外とうまいもんじゃ、と言って置いて行ったものである。彼は自然食の信者というわけではないが、焼酎とタバコを除いてはやはりそういうものが体に合うらしく、玄米の小豆ガユをパックしたものなども持ち歩いていた。

クロが置いて行ったオクラの種でコーヒーを作る気にはならなかったが、次の年に思い出して畑にまいておいたら立派に芽が出て、夏の終わりから秋にかけての食卓をずい分うるおしてくれた。

オクラというのは、大輪の黄色の花が野菜としては群をぬいてきれいであるし、その実もまた私は好きである。

今年は、梅雨が明けぬまま秋雨前線につながったような不順の夏で、その上七月からいくつも台風が襲ってきて、野菜類もあまり芳しい実りではない。キュウリとナスがそこそこ、ピーマンとシシトウがそこそこに採れる程度で、トマトなどは七月末には早くも雨にやられて枯れてしまった。

今年の畑で一番元気がいいのは、クロが置いて行ってから今年で三代目になるオクラで、自分の畑ながら見事というような育ち具合である。オクラは、自然栽培では実がなるのが遅くて、ここらでは夏というより秋の野菜なので、見事に育ってはいるが、まだ実は数えるほどしか食べていない。

わが家の食卓としては、まだ珍しい輪切りにしたオクラを、二人のチビちゃん達は

「オホシサマ」
「オホシサマ」
と呼んで、喜んで食べる。

クロが逝ってオホシサマを残してくれたのだなあと、人の実り、あるいは結果というものを思っていると、もうひとつ意外な結果が、鹿児島の葬儀に行って帰ってきた友達からもたらされてきた。

亡くなる前に友達の一人が、何か欲しいものはないか、しておきたいことはないか、と確かめると
「しっかりしたクソをしたい」
と答えたそうなのである。結局それが彼の最後の言葉になったというのだが、その話を聞いて私はびっくりした。

夢に出てきたクロが、テーブルの下にうんこをしたわけがそれで分かったのである。

私はもう馴れてしまって気にもかけないでいたが、十二、三年前に直腸ガンの

手術をした時、彼は脇腹から排便する装置を取りつけられて、それ以来自力で排便する幸せというものを失っていた。

　夢の中の出来事ではあるが、せっかく彼が会いに来てくれて、おまけに気持よくらんこまでしてみせてくれたのに、私はそれを社会的な責任を取らない風天のいいかげんな行為などと受け取めて

「きたねえなあ、そんなことをするからお前、人にけむたがられるんだよ」

などと、彼を深く傷つけてしまった。

　考えてみれば、私の方こそ、人を理解しているつもりだけで何も理解していない、ということはまさしく社会的責任を取らない、いいかげんな風天そのものであったのだ。人にけむたがられるのは、彼ではなくて身勝手な理解の私の方でこそある。

　そういう思いで打ち沈んでいる私の島に、九月三日、戦後最大級という強烈な台風十三号が襲いかかってきた。幸いなことに、屋久島に風が当たったのは午前十時頃から午後の四時頃までで、明るい内に来て明るい内に通り過ぎて行ってく

れた。同じ強烈な暴風雨でも、闇夜のそれと昼間のそれでは不安の度合がまったく違う。雨戸を閉じたうす暗い家の中に終日閉じこめられて、どかんどかんと打ちつけてくる風雨に身体を硬（こわ）ばらせながらも、台風というものが、生きて疾駆する一匹の竜であることを実感することができた。

台風というのは、生きて疾駆する巨大な、強大な一匹の竜である。それゆえに襲うという文字の内には、竜の文字が今も生きている。襲うということは、本来は竜が襲うのであり、その竜とは台風にほかならない。

夜の台風であったらそんなことを思う余裕はなかったはずだが、昼間の台風だったので、雨戸のすき間から樹々が九十度も曲がっては立ち直る様を眺めながら、それが竜の襲いようであることを実感したのだった。

九月四日はその台風が去って、少しは晴れ間ものぞく穏やかな天気になった。

つぶされたニワトリ小屋や、飛ばされた屋根瓦の被害度を調べ、雨戸を取り払い、折れた庭木を鋸で引いて整理した後で、最後に畑の被害をおそるおそる調べに行った。

予想どおり、見事に育っていたオクラ達はすべてなぎ倒されて横になっていたが、折れて吹きちぎられたものは一本もなかった。直径十センチもあるスモモや栗の幹枝が折られているのに、葉こそは大半吹きちぎられてはいるものの、幹から折れたオクラは一本もなかった。

そしておどろいたことには、一本のオクラにはもうその日花が咲いていた。

クロの死と台風とに、どのような関係があったのかは分からない。また、台風と台風がちぎり残して行ったオクラの花にどのような関係があったのかも、むろん分かりはしない。

けれども、森羅万象がすべてネットワークし合い、響き合い、生き合っているこの宇宙清浄界にあっては、無関係のものは何ひとつとしてないのである。打ち沈んでいる私としては、台風一過の後(のち)のオクラの花に、クロからの許しを見、彼の形見としてこれからは年々にオクラを大切に作りつづけていこうと思っているところである。

母の紫色

1

母の葬儀を終えて東京から戻ってくると、ムラサキシキブの実の紫色がすっかり濃いくなっていて、極月（ごくげつ）と呼ぶのにふさわしい気配が、谷間のわが家一帯にも感じられた。極月とは俳句方面などで使われる十二月の異称であるが、母の死というひとつの極地を迎えた身であってみれば、今はその呼び方こそがこの月の名としてふさわしいものに感じられる。

二週間ほど前、ということは十二月の初め頃に、ムラサキシキブがずい分熟れてきたのに気がつき、一枝折って居間の花びんに活けておいたのだが、その頃にはその実はまだ明るい紫色で、紫そのものの美しさというよりはその色の明るさの方に心が魅かれて、活けたものである。その時にはむろん、すでに末期ガンの床にはあったが母は東京の病院で生きておられ、うまくすれば年を越して新年を迎えることができるのではないか、という期待がなくはなかった。

ムラサキシキブは、近頃ではその実を高級な観賞花として栽培されるむきもあるようだが、元々日本全国、北海道から沖縄までの山野に自生している野の花であり、屋久島では五月頃に淡い赤紫色の花が地味に咲き、メメバナと呼ばれている。山羊が好んで食べる大きな葉のつけ根に、よほど注意して見ないとそれと分からぬほどの淡い花が咲き、そんな花にメメバナという独立の名がつけられていることさえ不思議な気がする。その季節には、もっと目に立つ花が山野にはあふれていて、メメバナに目を止める人は百人に一人もいないように思われるから、そんな花にも名がつけられていることが、島人と自然との奥深い触れ合いを証拠立てていて、うれしいのである。伝統あるいは民俗というものは、個人のちょっとした発見や傲（おご）りをはるかに越えて深いものであることを、メメバナという呼び名は私に教えてくれる。

その反対に、実が濃い紫色に熟れてくる初冬の今は、屋久島の山野からもさすがに鮮やかな彩りが消えてゆく季節である。森の暗緑色の度合が一日一日と深まり、その底でセンリョウやマンリョウの朱い実が熟れ、クロガネモチも見事な朱い実の房を見せてくれるが、彩りと呼べるものはその程度で、ムラサキシキブの濃い紫色の実の房は、この季節の山野を代表する鮮やかな彩りとして、誰の眼にも美しく染みこんでくる。

島人達は、山野に入ってふんだんにその枝を採り、まだ枝に残っている黄ばんだ葉はすべてもぎ棄てて、紫の実だけにして、墓や仏壇に活ける。あるいは床の間の飾り花とする。

2

紫という色は、一種特別の色である。紫雲がたなびくといえばめでたいことの前兆であり、それ自体がめでたいことそのものでもある。念仏行者の臨終に当っては、阿弥陀仏がその紫雲に乗って来迎されるともいう。

紫の衣、紫衣といえば天皇から下賜される最高僧の着衣であり、高貴の上にも高貴な特別色として、階級性の強い僧侶社会にあってはことさらに珍重される。だから、紫衣僧となることを渇望する僧も多いかわりに、それを僧の堕落と見なすむきも少なくはない。

私にとって紫という色は、長い間、死の色であった。まだ大学生の時代に見に行ったピカソの大展覧会で、初めて死の色としての紫に出会った。当時ピカソはまだ存命であったが、八十歳を越した年齢ですでに晩年に入っており、画面の一部に明らかに意識して塗り込められた「紫」の連作があって、それがピカソの死の色であることがはっきりと感じ取れた。

死という言葉がある時は「死」を示し得るように、紫という色が明らかに死を示し得ていることを、その会場で感じて以来、私にとっても紫色は死のリアリティの色として定着したのである。紫は、濃い不安とその奥に恐怖をも含んだ死の色であった。

現代西洋のすぐれた個我のひとりであったピカソが、その後どのようにしてその紫を乗り越え、個我の死を迎えたかはもとより知るよしもないが、二十代前半の苦しい個我の道を歩いていた私には、それは力強い絶望のようにも感じられ、しかしながら絶望であるからにはそれはまた、「死に至る病」であるとも感じられた。当時のピカソは、単に一人の天才的な個我であるにとどまらず、時代の方向性を決定する神話価値を放っている人であったから、その「紫」を肯定できないとすれば、私としては他の価値観つまり神話を深く求める方向へ、自分の歩みを進めるほかはなかった。

ピカソの歩いた道は、最も激しく、ラディカルに個我に徹したことで時代の神話となったのだと今にして思うのであるが、そして西欧思想の主流は今もなおその道を歩きつづけていると思うのであるが、私はそれとははっきりと別の道を今は歩いている。私は個我を究極の価値とする道ではなくて、如来を価値とする道を歩いている。私の個我は、個我であることに変わりはないとしても、それが如来の個我であることを喜ぶものである。

如来とは、ここに来ている神。ここに来ている仏性のことである。それゆえに、私とピカソとの道は今はもうはるかに異なってしまったと言えるのであるが、それにもかかわらず、八十歳を越した坊主頭のピカソがとらえた「紫」という色の真実は、時と場所、あるいは生き方の違いということを越えて、普遍の「紫」として、私には忘れ去ることができないひとつの思想なのであった。

3

母はブッダ成道の日である十二月八日の午後に、最後の息を引いた。

九年前に父を逝かせた時に、最後の枕元におれなかった私としては、母の時こそは必ずと願っていたにもかかわらず、やはり今度も最後の枕元にいることはできなかった。

その日の午後私は海辺にいて、風呂のたきものにする流木を拾い集めていた。快晴に近い上天気の日で、眼前の海は私の最も好きな青紫色にどこまでも澄み広がっていた。少し黄ばんではいるのだけれども、海との対比や空との対比で真白に感じられる広い砂浜のあちこちに、流木が打ち寄せられて無心に転がっている。私はその目標までゆっくりと歩いてゆき、それがかつぎ上げられる重量のものであればかつぎ上げて、いっそうゆっくりと砂浜を登り、道路に停めてある車まで運んだ。

それは仕事である以上に遊びのようなもので、海を眺め、砂浜を歩き、陽を浴びていることのために流木を運んでいるようなものであった。流木は思いのほかたくさん打ち寄せられており、何度も車と往復している内に、充分な量以上に集められることも分かってきていた。海には流木が少ない時もあるので、その日は天気に恵まれた上に流木にも恵まれて、私としては最上の一日、最上の午後と思えるひとときであった。

海は、はてしない青紫色として、海如来として、私の前にあった。何度か砂浜と車を往復すると、一休みするために私は砂浜に腰をおろして、両掌を合わせてその海を眺めた。心の中で、南無浄瑠璃光、海の薬師如来、われらの病んだ身心を癒やし給え、その深い青の呼吸で癒し給え、と祈るのであるが、折りながらその青紫の海原の中に、治癒に向かって微笑む母の姿を置くのであるが、その日の母はなぜかもう治癒に向けて微笑もうとはしないのだった。むしろそのまま安らかに、青紫に溶けて光の中をゆきたいような母の気配に、逝く時が近づいていることをあらためて私は感じた。癒しの仏性としての薬師如来ではなくて、永遠性そのものである阿弥陀如来へと、青紫の海原がそのまま変質してゆくのを感じたのである。

4

母は、私を産んだ次の年である昭和十四年から俳句を始め、宇田零雨師の主催する草茎社で五十年以上句作を続けてきた。後半の三十年はそれに加えて連句と、短歌にも取り組んできた。すでに二冊の句集は刊行しているが、母としてはもう一冊連句集を出しておきたいということが強い願いであった。

九月の半ばに、肺から脳へガンが転移していることが分かって再入院して以来、急拠その連句集の編集が進められて、ようやくそれが出来上ったのが十二月六日であった。その一冊を弟が母に手渡すと、母は満面に笑みをたたえて喜びを表わしたという。息を引く二日前のことである。

童女のように可愛いく、けれども冷たくお棺に収まった母の枕元で、私もその「糸江連句集」をはじめて手にした。箱入りの上製本を謹んで箱から取り出してみると、その装幀は深く濃い紫色で、その紫色が、私にはふと紫雲そのものの如くに感じられた。お通夜という特別の場でのことであるから、おのずから特別の感情移入になるのではあるが、その深く濃い紫色の一冊の彩りの内に、母の生があり、旅があり、臨終もあったのだということが、まざまざと了解された。

八十七歳の零雨師は、母の再入院を聞くとすぐに一枚の色紙を使いの人に托してくださった。

人生の　遍路なりしと　思はずや

その色紙を母はベッドの上の棚に飾った。やがて容態が思わしくないとなって、更にもう一枚の色紙が届いた。

　寒灯火　只明暗の　句に遊ぶ

　前の色紙に並べて、これもやはり枕元の棚に飾られた。母の意識は時に混乱することもあったが、終りまでますます冴えていて、傍で看取っている者に俳句とも連句とも短歌ともいえるものを書き取らせた。書き取らせたメモは、何十枚にもなっている。母のこの世の最後の日々は、そのようにして句作歌作と共に過ごされたのだった。

　私が手にした「糸江連句集」から伝わってくるものは、紫雲、であった。母の生と、旅と、臨終がその色に昇華して、やわらかく暖かい、高貴な一片の紫雲として、私に与えられたのであった。

　私がまだ二十代で、ピカソの紫にとらわれていた頃、一度母に真面目に問うたことがあった。

「母さんは今でも憧れを持っている？」

　母はしばらく考えてから、持っている、と答えた。

「それは色にしたら何色?」

母はやはりしばらく吟味してから、

「紫色」

と答えた。

紫といえば、そのお通夜の茶菓と葬儀の後のお斎(とき)を扱った料理店の名も「紫水」であった。

5

葬儀が終り、ほぼ三ヶ月振りに母は骨となって自分の家に帰ってきたのだが、その夜は北海道から来ていた妹が仏間でもある母の部屋に寝て、骨のお守(も)りをした。次の日は妹は帰ったので、代って私がお守りをすることになり、十一日と十二日の夜は私は母の布団で眠ることになった。以前から時折上京すれば母の家に泊っているから気づいてはいたのだが、母は濃い紫色の毛布を愛用していて、このたびはその毛布にくるまって私も眠ることになったのである。

母の紫色の毛布は、長年使っていたものなので少々毛足がちぢんではいたが、その深い色合いはまだ少しも褪せておらず、私の眼には新しい品のままのようにさえ思われた。「連句集」を手にした時から、紫という想念、あるいは紫という霊体に参入してしまった私としては、その紫の毛布にくるまれて眠るということは、物理的に母の人生にくるまれて眠ることであり、霊となった母の霊色にくるまれて眠ることでもあった。

一晩、よく眠った気もするがほとんど眠らなかった気もして、実際はどうだったのか今ではもう判然としない。

私は存在する霊にくるまれていて、その霊の色である紫とは何か、ということを考えていた。そうすると、思いや記憶や悲しみや淋しさの雲の奥の奥の方から、紫色は観世音菩薩の体色であるという解答が、はっきりと訪れてきた。

手元にすぐ引ける資料がないので、資料から正確に引用することができないが、観世音菩薩の体色は紫金色であると、いつかどこかで私ははっきりと学んだ覚えがある。

そうであるとすれば、二十代の私が母に問うたその頃から母の霊はすでに観音界に所属し、それと明らかには自覚されないまま、私を観音界へと導き入れてくださっていたのではないだろうか。

極月（ごくげつ）の　真実母の　骨と寝る

その夜私は、そんな俳句をつぶやいてみたのであるが、その真実というのはむろん、観世音菩薩そのもののことにほかならない。

6

一晩強い北西風が吹きつづけて、この島も本格的な冬になった。

先妻を亡くした時とはまた異なる種類の、しんしんとした冷えが足の裏から体に立ちのぼってきて、ともすれば気持も凍りつきそうになる。この世において私という重罪者をそのままに許し、そのままに受け入れてくれた唯一人の人が、この世にいない。

　仕事も手につかずぼんやりと机に向かっていると、書斎の外で一声二声と私の名を呼ぶ声がした。我に帰って障子を開けて出てみると、そこにムラサキシキブの枝を何本も持って、妻が立っていた。

　昨夜の木枯しでいっそう色合いが濃くなり、まさしくこれが紫という色合いでつやつやと輝いているムラサキシキブの枝を見た時、私はそこに、はっとするほどに新鮮な生きてある観世音を見た。生きて輝き、瞳のように光を放っている観世音を見たのである。

「一本だけよ」

　そう言って妻が手渡してくれた枝を、そのまま机の上のコップに活けて、私はつくづくとその美しいものを眺めた。

　残りのムラサキシキブを、妻は、居間と居間の隣りにある祭壇の二ヶ所に活けてくれた。それで私は、家の中のどこにいようと、そこに眼をやりさえすれば、その美しいものを見て、深い慰めと慰め以上のものを与えられることができる。

これまでの長い間、十二月になると完熟するムラサキシキブは、ただ美しい実として眺められてきたのであるが、今はもうそれだけではない。それは母の霊として、母の霊がそこへ還った慈光として、やがて私もそこへ還る慈光として、つまり如来として現前しているのである。

赤ちゃん誕生

1

誰でも経験があることと思うが、私にも幼時や少年時に、また大人になってからも折に触れて、なぜとも知らず「☆」のマークを描いてみることがあった。

クレヨンや鉛筆やペンで、ひと筆でひと息に描くことができるこの星形のマーク、星の形そのものについて、つい先頃まで私はそれを特別な意味もない幼稚な手なぐさみのようなものと思いなしていた。

チビちゃん達と星を描いたり、あるいは何かの拍子に自分でそうしてみたくなったりして、その星形を紙などに記すこともありながら、「幼稚」という感覚はいつもついてまわり、それでありながらいざ星を描くとなるとその描き方を棄て去ることはできずに、今日まできた。

先頃のある新聞記事で、この星形の印がじつは五星紋と呼ばれ、古代より世界の各地で魔除けや災難除けの護符として用いられてきたものであることを知った。

記事によれば、山口県の美東町にある長登銅山跡遺跡の坑口脇に、この五星紋と×印の二つが彫刻されているのが発見されたという。

その長登銅山遺跡というのは、奈良時代に鋳造されたあの大仏の原料となった銅が採掘された処だそうで、石灰岩に彫印された五星紋は一辺が八センチから六センチ、×記号の方は九センチの大きさであるという。さらにその右側には、八つの文字が彫られているが風化が激しく判断は不明、とある。

五星紋の民俗学について私は何も知らなかったが、これは世界各地に共通して見られる呪符なのだそうで、東アジアでは中国の道教と結びつき、日本に入ってからは陰陽(おんみょう)道や修験道において用いられ、現在も京都の晴明神社という神社の社紋として使われていることから、「晴明桔梗(ききょう)」とも呼ばれているのだそうである。五星を五弁の桔梗の花に見立て替えたものであろう。また、現在でも日本の各地の海女さん達の間では、海に潜る時にこの五星紋を印した額巻きをする風習が残されているともいう。

五星紋がなぜ魔除けや災難除けになるかというと、これは一筆書きの五角形で、線に切れ目がないので、悪霊の入り込むすきがないからなのだそうである。

たしかにそういうこともあるだろう。試みに自分の手で久しぶりに五星紋を描いてみれば、一、二、三、四、五と五本の線は一息でつながり、中央部にできる五角形は周囲の五つの角に守られて、なかなか侵入し難い要塞部分のようにも感じられる。

私の実感からすれば、けれどもそれだけではなく、五星紋の独自さは一筆において、また一息において即座にできあがってしまう、星の形という不思議にもあると思う。というよりむしろ、その即座に描き出される星の形がもたらす不思議さにこそ、五星紋の呪符としての根があると思う。幼時においても少年時においても、私は手なぐさみのようにして五星紋を描き上げると、そこに不意に星の形ができあがるのが不思議で、それが面白くてならなかった。現在でもそれはほぼ同じで、ひとつそれを描けばまたもうひとつ描いてみたくなる。描くたびに星の形がさっとできあがるのが、素朴に不思議で面白い。描くことにおいてそのつど私がささやかな星になり、星が私のものとなるからであろうか。その実感からすると、五星紋が魔除けの呪符となる背景には、切れ目のない線によって魔が除外されるという要素のほかに、星の形、その形をとおしてもたらされる星という意識、つまり、私達が現在宇宙意識という言葉において呼んでいる要素にこそ、大いにその根があるのではないかと思う。

古代人達もやはり星を見ていた。というより、古代人達は、現代の私達よりもずっと深く、星を見ていたのではないだろうか。星が心を鎮めること、心を厳粛にすること、星が生死をもたらし、生死は星の内にあることを、古代人達は私達よりより深く直感として感じ、従ってより深く星々と共に生きており、宇宙意識において生きていたのではないだろうか。

私達は今、人間が発生する以前の地球や宇宙においては、善もなく悪もなく、幸福の女神もなく悪霊もなく、ただ地球という絶対善があり、宇宙という絶対善

が存在していただけであることを容易に理解することができる。悪や魔は人間の発生と共に、人間の心において生まれてきたものであることを理解することもできる。

しかしながら、それが現代人のみの理解であるかと問えば、やはりそんなことはないだろう。古代人達も、現代の私達と同じように、というよりもっと深く切実に、自分達のおどろおどろしい心や不安にみちた生活を越えた絶対善というものがあること、絶対善としての宇宙から自分達が生まれてきたものであることを、実感していたのではあるまいか。

五星紋には線の切れ目がないから悪霊が入りこめない、というのは、いわば技術的・外的な側面のことで、その呪符性の根にあるスピリットは大いなるやすらぎである絶対善としての星意識であり、宇宙意識だったと私は思う。

私がさらに興味深く思うのは、その宇宙意識、護符としての「☆」印が刻まれた銅山から採掘された銅を原料として、奈良の大仏が鋳造されたということである。奈良の大仏の本名はいうまでもなく毘盧遮那仏である。毘盧遮那の原語は

Vairocana（ヴァイロチャナ）。輝きわたるもの、としての大日如来である。大日如来は、輝きわたるもの、遍照光明として全宇宙を照らす光であるが、それは太陽のような物理的な光であると同時に、太陽を太陽たらしめている宇宙意識そのものを本体とする呼び名でもある。

奈良時代以後、絶えず人びとに拝され、いわば陽の中にありつづけた大仏が伝えてきたものと、奈良時代以後長く坑口に眠りつづけてきた五星紋が今伝えてくれるものが、同じ宇宙意識という絶対善の光であることに私はおどろく。

奈良の大仏を謗(そし)る気持はないが、何万人もの労役、何万金もの費用、何十年もの年月を費やして出来上った大仏という文化様式が指し示す内実と、おそらくはただ一人の心ある人夫が何時間かをかけて刻みつけたものであろう内実が、同じ宇宙意識という光であることにおどろくのである。

2

「☆」の印を刻みつけるような宗教行為を、私達は一般的にアニミズムと呼んでいる。アニミズムは一般的に、原初の宗教的関心であり、形態でもあり、宗教としてはすでに経過し終えた過去のものであると考えられている。

けれども本当にそうであろうか。

私もこれまでに何度かは奈良の大仏を訪ね、その下にたたずんで心から大仏を拝した者であるが、その時受けた印象と、今回の写真入りの新聞記事から受けた間接的な印象とを比べてみると、どちらかといえば、今回の写真からの方がより深く宇宙意識を喚起されるような気がする。もし私が山口県の美東町の現場に直接立つことがあれば、その喚起力の違いはさらに歴然とするのではないだろうか。

私達は、文化となり様式となった仏教からは、残念ながら文化と様式を感じることしかできないが、原初の歴然としたものからは原初の歴然としたスピリットを受けることができる。仏教に限らず、多くは平板な文化と化し様式と化した宗教意識というものを、生の本来の大切な意識として、生の究極的自由の光として取り戻すためにも、アニミズムが人類に果たす役割は、過去のものどころか、むしろこれから新たにやってくるものであると、私は考えている。

自慢することではなく、むしろ自然法爾のできごととして受け身に受けるだけのことであるが、二月十日の日に私としては七人目の赤ちゃんが生まれた。その日は旧暦の一月一日で、閑(のど)かな暖かい日だったので、閑(かん)、という名前になった。

閑(かん)という名前になったと伝えると、島人の何人かはおやっという顔つきになり、どういう字なのかとたずねてきた。屋久島を含む鹿児島地方では、神をカンと発音する。神様をカンサーと呼び、歳(とし)の神はトイノカンサーである。田の神はタノカンであり、山の神はヤマノカンである。カンという発音はそのまま神に結びつくので、おやっという表情になって、どんな文字かとたずねてくるわけである。閑、という字だと伝えると、相手は今記したようなことを私達に説明して、神(かん)かと思ってびっくりしたと教えてくださる。

私達にしてみれば、もうこの島に二十年近くも住んでいるのだから神がカンであることはむろん知ってはいるが、実感としては神はやはりカミでありカンと呼んでもその音で神を喚起はしない。

閑ちゃんを取り上げてくださった産婆さんは、もう七十歳を越したヴェテラン中のヴェテランで、森下さんというが、お七夜の日に、閑（かん）、と決まったと伝えると、以上のことをひととおりすべて説明したうえで、それでもこの子は神様（カンサー）だ、カンサー、カンサー、よか名をもらったね、と、ほめてくださった。

これまでに何千人という赤ちゃんを取り上げてきた森下さんにしてみれば、すべての赤ちゃんは神様（カンサー）であることを、もとよりよくご存知なのだった。生まれてから十日間は、毎日赤ちゃんの産湯を使わせるために、また母親の身心を看るために通ってきてくださるのだが、森下さんの赤ちゃんの扱い方を見ていると、「人間は生まれたことが宗教である」というヨーガの考え方を、森下さんは助産婦という職業をとおしてそのまま体得されているのだということが、実感される。すべての嬰児はカンサーであるゆえに、それに立ち合う森下さんもそのつどカンサーに変身してしまうのであろう。

久しぶりというかほぼ三年ぶりに、そういうわけで私はまた赤ちゃんをひざの上に載せている。

生まれたての赤ちゃんを抱っこしたり、ひざの上に載せる父親（多分は母親も）の誰もが感じるのだと思うが、最初の内は名づけた名前とその本体とがひとつにならない。閑（かん）ちゃん、と呼んでも、どうもそれは仮りの名前で、赤ちゃん自身はその呼び名では呼びつくせない、もっと別の尊いもののような気がする。

私の場合はこの文章を記している時点でほぼ四十日その名を呼びつづけているが、まだ閑ちゃんは閑ちゃんになりきっていない。それに対して、やがて三歳になるすみれちゃんは、もうすみれちゃん以外の誰でもない。

ひとつの呼び名が、それを呼びつづけている内にそれ以外の何者でもなくなることは、呼び名の不思議であるけれども、それ以上に不思議というべきものは、呼び名で呼べない「赤ちゃん」という本体があることである。

抱っこをしていても、ひざの上に載せていても、赤ちゃんといっしょにおり、赤ちゃんに触れていると、人の気持は限りなくやわらかくなってしまう。限りなく、真綿のようにやわらかな気持にならなければ、赤ちゃんには触れることもできない。やわらかという言葉の代りに、柔和という言葉を使ってもいい。人は、赤ちゃんのように無心に柔和になるのでなければ、赤ちゃんに触れることはできない。

赤ちゃんを抱っこしながら、この幸(さいわい)はどこからやってくるのだろうと吟味してみると、それは、ただ赤ちゃんのやわらかさ、柔和さだけからくるものではないことが分かる。

赤ちゃんはたとえようもなく静かである。むろん時にはけたたましく泣いてこちらをおびえさせたりするけども、おだやかに眼を閉じて眠っている赤ちゃんの静かさは、菜の花にそよと春風が触れるような、やわらかな自然の深い静かさである。幸(さいわい)は、そのやさしい静かさからも訪れてくることを私達は学ぶ。

閑ちゃんを抱っこしながら、そのように吟味してゆき、私はいくつかの幸(さいわい)の源ともいうべきものを考えてみた。

ひとつには、やわらかく柔和であること。

ひとつには、静かであること。

ひとつには、温かいこと。

ひとつには、自分を捧げること。

個条書きにすると、それだけで味わいの大半は逃げ去ってしまうけれども、赤ちゃんの体温がこちらに伝わってくるしみじみとしたうれしさというものは、触れる、触れ合う、融け合ういのちの、原初の喜びであるという気がする。

人には性という融け合いの喜びがあり、死にゆく母親の足をさするという悲しい至福もあるけれども、赤ちゃんの温かい体を抱っこしていると、それが源初のいのちの温かさであることがしみじみと伝わってきて、いのちというものはこのようにも静かに温かいものだったか、と感銘させられる。抱いているのは私だけど、その温かさは、生命を生み出した原初の海の温かさに通じるものがあり、自分がその海に抱かれているような気持にもなってくる。

けれども、赤ちゃんが持っている徳の中で無比なものは、何といってもそれは私を捧げさせるということだろう。無心で柔かい、静かで温かい赤ちゃんを前にしては、人はおのずから自分を全的に捧げないわけにはいかない。

東洋と西洋を問わず、北の文明圏と南の文化圏とを問わず、赤ちゃんが、聖なるものとも神様とも喩えられるのは、その無心さのゆえであろう。赤ちゃんという無心の前では、人はどのような聖師や神を前にするにも増して自分を無にし、喜んで自分を捧げないわけにはいかない。赤ちゃんの無心は、この個我全盛の時代風潮のさなかにあっても、個我を無化すること、自分を捧げること、自分を尽くすことの自然の喜びへと、私達を導いてくれる。あらゆる宗教は、終局において自我を無化することを願目とするのであるが、目の前の赤ちゃんは、それが近頃話題の利己的なDNAのたくらみであるかないかにかかわりなく、むろん宗教意識にもかかわりなく、私に尽くすことの喜びを如実に教えてくれる。ヨーガの分野で、赤ちゃんは大師(マハーグル)であると言われているのは、比喩の上のことではない。

五星紋を五星紋と自覚し、岩に刻みつけることはアニミズムであるが、赤ちゃんを大師(マハーグル)と見る立場はどうであろうか。

アニミズムを押しつけるわけではなく、無理にアニミズムにこだわるわけでもないが、私には赤ちゃんは、眼に見え、手で触れることができ、抱きしめることさえもでき、やわらかな静かな気持をもたらし、温かい無我の心をもたらしてくれるという点で、アニミズムの枠にはめる必要はないにしても、アニミズムで呼ぶカミ、島言葉で呼ぶカンサーにとても近いものだという気がしている。

論理が少々飛躍するけども、赤ちゃんがカミでなくカンサーでないとすれば、奈良の大仏が仏（ほとけ）であるわけはさらさらにない、という気が私にはする。神仏は、内実があるゆえにこそ神仏なのである。アミニズムは、神仏の呼び名は結果にまかせて、その内実から光を獲得する。星が善いものであれば、星をカミとし、山が善いものであればそれをカミとする。赤ちゃんが尊さの現前であれば、カンサーと呼んではばからない。

アニミズムは、内実の失われた宗教の内実を取り戻す、ひとつの確かなこれからの道なのだと私は考えている。

星を眺める露台

1

アニミズムには一般的に、未開であるとか、野蛮であるとか、非合理であるとか盲信的であるとかの衣がつきまとっている。

アニミズムが発生したのは、人類の一部が現在のような文明社会を展開するはるか以前のことだから、それは当然、未開であり野蛮であり非合理でもある要素をその内に含んでいる。アニミズムが含むそれらの要素は、仏教、キリスト教、回教などの大宗教よりもアニミズムがはるかに古く深い伝統を持っていることの結果であり、アニミズムの尽きない魅力のひとつを形成しているものである。

けれどもそれが盲信的であるという評価については、私達はそれを間違っているといわざるを得ない。いかなる古代の民族も、原始的な民族も、そうであればあるほど、何かを盲信するような余裕はなかったはずで、その時その場に生きていた人達が、たとえばひとつの大きな岩を神として祀っていたのであれば、それは間違いなく神だったのであり、盲信ではなかった。生きるか死ぬかという困難が現代よりもはるかに多い生活をしている中で、近代の批評精神が呼ぶような盲信など、しているひまのあるはずはなかったと思うのである。

盲信という言葉を使うかわりに、私達は共同幻想という言葉を使ったほうがいい。アニミズムはたしかに共同幻想という衣をまとっている。盲信と幻想の差は紙一重のようでもあるが、幻想にはそれを形づくる種子があるのに対して、盲信にはそれがない。

ずっと以前に、私も出雲大社にお参りをしたことがある。あそこへ行かれた方なら印象深く記憶されていると思うが、出雲大社は全体として背後に円い穏やかな山々の連なりを負っており、その山々のいわば前庭の位置に社殿が並んでいる。空のたたずまいや、周囲全般の地形から、その山々の背後には海があることが感じられるし、実際にそこには朝鮮半島へとつづく日本海が広がっている。

社殿は、豪華できらびやかな本殿と、その奥にある大社造りという建築様式で白木造りの、神さびた奥殿とから成り立っている。本殿は豪華できらびやかなだけで大した取柄もないが、奥殿の方はさすが神々の集うという出雲大社だけのことはあり、清楚、において神さびている。その清楚には大金が投じられていると感じないわけではないが、伊勢と並ぶ神道の奥殿なのだから、あらかじめそのことは割引いてお参りしている。

けれどもその奥殿のさらに背後に、前二社には比ぶべくもないほど小さく質素な、無いに等しいほどのもうひとつの石造りの社（やしろ）がある。間口も奥行も高さも一間足らずの社で、そこにもやはり須佐之男命が祀られてある。

神社にお参りする時は、その奥の奥、裏の裏には何があるのか、何が祀られてあるのかを確かめる習慣のある私は、その時は野草社の石垣さんと御一緒だったのだが、さらにその苔むした小さな石造りの社の背後へと廻ってみた。

そこはもう山の崖になっていて、人が一人やっと通れるほどの空間があるだけだった。崖はかなり険しくて、その上はすでに森である。出雲大社もそれゆえに、山の前庭に敷地を持って、山の根のぎりぎりの処までそれを確保している。山を本体とする神社のひとつなのだった。しかもその山の根の根ともいうべき場所、質素で苔むした石のお宮の背後には、ふたかかえもあるほどの大岩が突き出していて、その岩にはいくつかの錆ついたような十円玉や百円玉が投げ銭してあった。

私は、その岩こそが出雲大社のスピリットの中のスピリットであると感じ、ということは、その岩をかかえる背後の山、山の向こうの日本海、日本海の向こうの大陸のスピリットがその岩に象徴的に凝集しているように感じて、そこに柏手を拍った。本殿や奥殿にお参りする人の数に比べれば、石の宮の裏の岩にまでお参りする人の数ははるかに少数で、無いに等しいのかもしれないが、そこに投げ銭がしてあったということは、その岩に私達と同じ幻想を持った人達がいたということであり、その人達の立場からすれば、その人達の幻想に私達も加わって、共同幻想の一端を分かち合うことになったのだということができる。

神道は後に国家神道を形成し、国家権力を補完する思想として第二次世界大戦を引き起こした過去を持っているから、国家という枠組を越えて地球即地域、地域即地球という枠組で人類の現在と未来を考えている私としては、危(あやう)い側面があることは充分に承知しているつもりであるが、それは大和朝廷が形成されるはるか以前、縄文時代はもとより旧石器時代にまで源を持つ、ひとつのアニミズムの流れであり、神思想、カミという想いの流れであり、現代においても、よく見てみれば、厳然と生きつづけている清楚で現実的な思想であるということができる。

出雲にはまた出雲八重垣ということがあって、出雲大社そのものが八重くらいには連なる山々の垣に護られているのに習ったものか、出雲平野の一軒一軒の家々が高い立木の垣に囲まれた敷地の中に建てられているのを見る。立木は伸び放題ではなく、その上方が水平に刈り込みされ手入れされているから、遠くから見れば異様に背の高い生け垣であり、その異様さがどこにでも見られることで、出雲平野に他所では見られない独自の不思議な風景を造り出している。

白川静先生という方が著された『字統』（平凡社）という、漢字の源を調べあげた辞典によると、垣という文字はかきの象形である亘(えん)に由来し、もともとは土垣を意味していたという。一方でもうひとつのかきである堵という文字は、者が元であり、者は、呪禁を旋した土垣のことで、集落周辺の堤の要所に、呪禁として呪符を埋めたものを堵といったのだそうである。古くは、聖処にはみな堵をめぐらしたが、のちには個人の住居にも用いるようになったという。堵をめぐらせた場所に住むことを安堵といい、その堵の読みはかきである。

危険を避けて、周囲に垣を巡らし安堵して住むことは太古以来の人間の願いであった。出雲八重垣という住居の様式は、その垣が土塁ではなく樹に変わったことを除けば、漢字というものの起源が今から約三千五百年前と推定されているのだから（そしてその時すでに垣も堵もあったのだから）、少なくともそれ以上の年月にわたる住居様式の伝統を受け継いで、現代に到っているということになる。

堵は、むろん典型的なアニミズム世界の出来事であるが、垣もまた、出雲八重垣の風景から見る限り、ひとつの象徴的なアニミズムの風景として見られる。

2

大まかなデッサンとして眺めてきた出雲平野と出雲大社の風景の内に、私達は、未開なもの、野蛮なもの、あるいは非合理なものさえもほとんど見ることがない。それは日本の出雲という一地方に、今現在において日常的に見られる風景であり、神々の集う地といういくぶんは特殊な意識において経験されるけれども、特別に未開でも野蛮でも、非合理ですらもない。

アニミズムは、魅力のひとつとして、未開で野蛮で非合理な共同幻想の要素を含んでいるが、ただそれだけのものではない。それはもっと普遍的なものであり、一九九四年秋という日本社会の現在においても、一定の役割と響きを保ちつづけていて、さらにそこから明るい未来を創り出していくことができると確信される、未来的な風景でもある。

お断りしておかなくてはいけないが、私はアニミズムという言葉を口にしたり、胸に思ったりすることが心地よいからそうしているのであって、かつてのマルキシズムのように、それが善で、他は悪だといっているのではない。アメリカ的な文明が（日本的な文明もそうであるが）全地球をおおいつくすのでは地球もやっていけないだろうし、私もちっともそこには生きがいを感じないので、生きがいを感じ、地球もやっていけそうな、私という感受性が受けたあるものを、アニミズムという言葉に託しているだけのことである。

一九六〇年前後に私達が学生であった頃、著者の名前ももう忘れたが、アメリカ人かイギリス人が書いた『聖なる野蛮人』という本が少々評判になったことがあった。その本には、もう何もかも忘れてしまったけども、〈ひとつの文明の周辺に聖なる野蛮人が現われる時、その文明は危機にひんしている〉ということが書いてあった。そのとおりだと感じ、意識的に自分を聖なる野蛮人の位置に置くことが始まったのだが、そういうことがあったために、私の中では「野蛮」という言葉には郷愁がある。五、六年、あるいは十年もの時間をかけて、野蛮という言葉にはどうしても限界があり、その言葉はもっと平凡ではあるが、「大地」あるいは「自然」という言葉に置きかえたほうがよいと知ってきて、現在は、郷愁はあるがその言葉を積極的に使うことはない。

野蛮ということは、あくまで機械文明から見た野蛮なのであり、自分を野蛮ととらえている野蛮人などはいない。すべての野蛮人（というものがあるとすれば）は、私達文明人と同じく、ただ自然人なのであり、環境破壊というマイナス要因からすれば、私達のほうがはるかにいわゆる野蛮人であるともいえる。

野蛮という言葉に比べると、未開という言葉は、現在の私にははるかに興味深いものがある。お前は野蛮人だ、と非難されたら私は非常に悲しいし、逆にそうほめられたらその責任は重大すぎて私の荷には負えない。けれども未開人なら、ほめられても非難されても、それを受けて積極的に立つことができると感じる。未開は、これから開かれていくのだから、また未開は、秘められた世界を内蔵しているのだから、外へも内へも限りない未来をはらんでいる。私達は、未開の宇宙内にある未開人であり、未開の私自身の内にある未開人でもある。発達文明史観の立場から、ひとつの国を未開国としたりひとつの民族を未開民族と呼ぶことは誤りであるが、私個人が未開人であるということには、むしろぞくぞくするような喜びさえも感じる。

非合理ということも、未開ということとあまり変わらない。非合理というのは、未だ開かれていない合理の現在における呼び名であり、開かれれば合理と呼ばれ、届かなければ非合理と呼ばれる。

3

やくも立つ出雲八重垣妻ごみに
八重垣作るその八重垣を

妻ごみ、というのは、夫婦いっしょに住むということである。漢字では妻籠み（ごみ）と記す。女性にとってなら夫籠（つまご）みと記すが、いづれにしても、つまごみという古語が持つ風景は、懐かしくまたこれからも願わしい、男と女の風景のひとつであると感じる。

この夏、八重垣ではないけれども、家の裏庭に向けて家つづきの小さな露台を張り出した。製材所からクイタンと呼ばれる製材時に出る耳材を取り寄せて、それを材料にして一坪弱ほどの涼み場所をこしらえた。日中の猛暑とはうってかわって、夜になれば、森の中で谷川のほとりのここらは涼しい風が吹きわたってくるのだが、もっと涼しさを味わいたいと思って、露台を作った。

安堵して住むことは、家の周囲に堵（と）を廻らせて住むことから始まったのだが、むろんそれだけが安堵ではない。どのように堵をめぐらせ、垣をめぐらそうとも、世間という風はそれを越えて吹き渡ってくるし、生死（しょうじ）といういつでも私に個有の風も吹き渡ってくる。

露台を作ったのは、そこで妻籠みに夜風に吹かれながら、私のもうひとつのアニミズムであり原景である星空を、じっくりと眺めたいと願ったからであった。

星空は、ここらは外灯というもののない森の中だから、晴れてさえいればいつでも満天の星空なのだが、ただ漫然と眺めるだけならただの満天の星空であり、

せいぜい知っているいくつかの星座の名前や天の河であるにすぎない。

夏の夜空を、それこそ雲のように真白に流れる天の河は美しいし、その両岸にあって一年に一度だけ逢うという織姫と牽牛の星を見ることも楽しみではある。けれども、私が本当に星空に興味を持ったのは、その全天の星の無数のひとつひとつが、すべて永劫(アミターユス)という舞台において、五十億年とか百億年とかいうような、準永劫とも呼ぶべき実体において輝いていることを自覚して以来のことである。

永劫(アミターユス)とは仏教でいう阿弥陀仏のことであるが、私達は日常生活において阿弥陀仏を直接に見るということはない。阿弥陀仏が本当にいらっしゃるものやら、ただ言い伝えられているだけの盲信なのかもわからない。けれどもある時、というか少しずつある時、宇宙というものが永劫であると分かり、逆に永劫というのは宇宙であると分かって、それが永劫(アミターユス)ということであると了解してみると、全天に輝いている星のひとつひとつは、じつはすべて眼に見ることのできる阿弥陀仏であったのだと、びっくりしてしまったのだった。

全天の星がすべて阿弥陀仏であるなら、私という意識がそこから生まれ、そこへ帰って行く私の阿弥陀仏の星というものが、あるはずである。

　私の原郷の星はどの星だろうか。

　北アメリカの北西部のインディアンの間では、ある親族集団が神話的な過去において、神秘的かつ象徴的な関係において一定の動物なり植物なりと結ばれているという信仰があり、それをトーテムと呼んでいるのだが、その言葉を使うなら、私のトーテムの星はどの星なのだろうか。

　妻籠みであるから、私がそこへ帰れば妻もそこへ帰り、妻がそこから来たのであれば私もそこから来たともいえる、私達のカミの星、アニミズムの星、トーテムの星はどの星であろうか。

　日中の猛暑が激しければ激しいほど、涼しい夜風が吹き渡る露台にゴザを敷き、そこに仰向けに寝ころんで、そんなふうに星を眺め、星を確かめたいと願って、私はその露台を作った。

　どの星が私の星と確かめられたか、私達の星と確かめられたかは別として、八月二日に、学生時代に最も親しかった友人が東京から夫妻でわが家を訪ねてくれ、一晩泊って行ってくれた。じつはその露台のことを、自分で作っておきながら、縁（えん）と呼ぼうかヴェランダと呼ぼうか、それともテラスと呼ぶのかヴァルコニーと呼ぶのか判然としなかったのだが、東京に帰った友人からの手紙には奥さん（といってもやはり学生時代の文学仲間）のひとことも添えてあって、露台からの星がよかった、と、露台という言葉が使われてあって、これだと思い早速その言葉を使うことにしたのである。

友人の手紙には、終りに短歌が一首記されてあった。

星だけがまこと伝えん
　島人や旅人達の生命消ゆとも　　肇

島人というのは、多分私達の何年か後の事実であろう。そして旅人達というのは彼らの何年か後の事実であろう。一首を読んで、私の星というアニミズムはいよいよ深いものになろうとしている。

ハマゴウの花

1

ハマゴウ

そろそろ二十年も　この島に住んで
この夏
ぼくははじめて　ハマゴウの花を知った

ハマゴウは
海岸の砂地に自生する　頑丈なつる性の植物で

夏には青紫の　海の色の花を咲かせる

毎年その花を眼にしながら
眼の前の海が　あまりに青紫なので
その花を見ることが　なかったのだ

漁師であった神宮君が　その青紫の海で死んで
ちょうど三十日目の午後
子供たちを浜遊びさせながら

その花に出遇った
出遇った瞬間
それが　ずっと探しつづけてきた
原郷の花　であることを知ったが

神宮君が逝かなくては
そのことを　それと知ることはできない運命に
なっていたのだとも　考える

三十日の　虚脱にひとしい悲しみにおいて
わたくしには　ハマゴウという原郷の花が宿り
海はいちだんと　青紫を深め

原郷性を深め
カミと呼ぶに
いっそうふさわしいものとなった

この夏は
神宮君が三十九歳で逝き

ハマゴウとなって　還ってきた夏であった

2

久しぶりに平凡社刊の世界大地図帳を取り出して、マレーシア・インドネシア主要部というページを開いてみた。東マレーシア・サバ地方にあるキナバル山という山の位置を確認するためである。

マレーシアという国は、どういう歴史上の事情によるものかは分からないが、マレー半島の南半分（北半分はタイ領）を占める西マレーシアと、カリマンタン島（ボルネオ島）のほぼ三分の一を占める東マレーシアの二つの部分から成り立っている。

地図帳を開くまでは、ボルネオ島がカリマンタン島になっていることを知らず、ボルネオ島といえばインドネシア領とばかり思い込んでいたのだから、私の東南アジア知識などはゼロに近いものといわなくてはならない。

カリマンタン島の三分の二はインドネシア領であるが、残りの三分の一をブルネイという小さな小さな国とマレーシアとが占めている。そのマレーシア領は、熱帯雨林の皆伐が問題になっているサラワク地方と、サバ地方の二つから成り、併せて東マレーシアと呼ばれている。

私が探していたキナバル山は、サバ地方の北部にある独立峰的な高山で、海抜は四一〇一メートルとなっている。地図帳でざっと見渡すかぎり、カリマンタン島をはじめ周囲のスラウェシ（セレベス）島、ジャワ島、スマトラ島、マレー半島には、三〇〇〇メートル級の山はいくらでもあるが、四〇〇〇メートルを越す山はキナバル山しかない。それに加えて、地図帳で見るかぎりキナバル山の周囲には高山がないから、その山が日本でいえば富士山のように屹立した、独立峰的な山であることが分かる。北緯六度ちょうどの位置に座している。

私がなぜキナバル山に興味を持ったかというと、二つの理由がある。

その一つは、この数年来私が最も親近感を持っている岩田慶治さんという文化人類学者の著作の中で、その山に関しての報告を読んだためである。岩田慶治さんはアニミズムというものを単なる文化人類学的な調査対象から解き放って、自己の現代思想としてのアニミズムという視点を導入した、私の知る限り日本で最初の学者である。『アニミズム時代』（法蔵館刊）という著作の中で岩田さんは次のように述べておられる。

『ボルネオのムルット族は、人が死ぬとその人の魂は肉体を棄ててキナバル山にのぼる。キナバル山は花崗岩質の高山で山頂は雪のように見える。そこが魂の住むところである。魂はそこに住んでから、時を得て山を下り、山麓の野に赤い花となって咲く。その花を摘んで食べた女性が、花の、したがって祖先の魂をえて妊娠し、出産する。魂がこの世とあの世のあいだを往復するわけである。そんなことは信じられないといっても、他界の山はそこにそびえて、いかにも他界らしく白く輝いているし、山麓に咲く赤い花も季節には必ず咲く。魂のストーリーの要素はたしかに眼に見えているのである。そここに目じるしがあるからには、道がずっと続いていることに間違いないであろう。』

人が死ねばその魂は山に還るという民間信仰、共同幻想は日本の各地にもまだ残されているから、そのこと自体は特別に目新しいことではない。私が興味を持ったのは、山にしばらく滞まった魂が、やがて山麓にくだってきてそこに咲く赤い花に宿る、という言い伝えである。その共同幻想（信仰）において、ムルット族の女性達はその花を摘み、そして食べる。

そのような目に見える印において魂の巡還の道すじができあがっている共同体は、私としては未開どころか大いに未来への希望をもたらす種子だと感じていたところへ、その頃たまたまそのサバ地方での調査を終えて帰国してきた湯本貴和さんという友人に会った。彼は文化人類学ではなく、植物と動物がどのように共生的に生態しているかを調べている生態学者なのだが、文化人類学にもそれなりの興味は持っている人である。

早速に、岩田慶治さんの報告するムルット族の習俗について訊いてみると、意外なことにその赤い花についての新しい情報が得られた。

湯本さんが伝えてくれたところによれば、キナバル山麓に住む女性達が、何か特別な意味あいを込めている様子で、野の赤い花を摘んでいるのに出会ったことがあるという。それはキナバル・バルサムという植物で、何のためにそれを摘むのか理由は分からなかったが、それが再生の宿主の花だったと知れば、その時の彼女達の何か特別な雰囲気に納得が行くと、こちらからの情報を喜んでもくれた。さらに、キナバル山という山は花崗岩の多い山で、屋久島の山と植勢や雰囲気において非常に共通するものがあることも、伝えてくれた。

　そのような二つの出遇いがあって、私の中にまだ見ぬキナバル山が見ぬままに定着してしまい、せめて地図の上だけでもその位置や地勢を確認しておこうと思いたったわけである。

3

　久しぶりに地図帳を取り出し、マレーシア・インドネシア主要部のページを開いてみると、キナバル山だけではなく、他にも多様で厖大な情報、地図というものから与えられる豊かすぎるほどの自然と人間生活の鳥瞰図が、雪崩（なだれ）のようにどっと押し寄せてくるのを感じる。

地図上のどの一画にも、私達がまだ知ることのない人間生活があり、自然と人間との何千年、何万年にわたる関係が作りあげてきた歴史と文化がある。自然と人間の関係において、有形無形に形づくられてきたものの全体を人間の文化と呼ぶわけだが、その文化の多様性、その厖大さ、その豊穣さは、実際にその現地に自分の足を踏み入れなくても、地図を見ているだけで私がここに在るのと同じほど確実に、そこに存在していることを予測することができる。

しかしながら、いつまでも地図を見ているわけにはゆかない。地図は地図としてエネルギーと希望をもたらしてくれるが、今は自分のキナバル・バルサムという直接の問題に帰らねばならない。

湯本さんが教えてくれたキナバル・バルサムという植物のバルサムというのは、後に辞書で調べてみるとほうせん花のことであった。

北緯六度といえば、おおざっぱには赤道直下のような緯度であるから、そこに日本のと同じほうせん花が自生しているとは思えない。思えないけれども、その山麓に咲く赤い花がほうせん花の仲間であるとすると、にわかにその習俗の光景が身近なものに感じられてくるから不思議である。

人が死ぬとその魂はキナバル山に還るという共同幻想（信仰）、その魂はやがてほうせん花の仲間の赤い花に宿り、その花を食べた若い女性に宿って出産されるという共同幻想（信仰）が私にもたらしたものは、単純素朴にいうならば、自分もまたそのような共同幻想体（信仰体）の一員でありたかった、という思いである。

けれどもむろん、私がこれからキナバル山のムルット族の一員になることはできない。一員になることはできないけれども、その部族が伝える美しい物語（共同幻想が意味を帯びて共同幻想となる時には、それは必ず常に美しい物語として、あるいは魅惑する物語として立ち現われる）を、私達なりにアレンジして、私達の物語としてこの地に再創造してゆくことは可能である。

たとえば、シタールというインドの楽器およびその楽器のかもし出す音色（シタールという共同幻想）は、つい四、五十年前までの日本の社会には皆無であったはずであるが、現在にあっては少なからぬ日本人がその音色を楽しみ、それを演奏する人達も増えてきている。つまり、シタール音楽というインドの共同幻想（文化）が日本の社会に移植されて、再創造されてきているのである。

山に還った死者の魂が、一定期間そこに滞まり、やがて山を覆う雲に混じって、雨となって降りくだり、赤いはらせん花に宿って娘達が食べてくれるのを待つ、という物語は、私にとってはシタールの音色のように心地よい、美しい生死（しょうじ）の物語である。

死後は骨になる、あるいは無になるという物理的な共同幻想もさっぱりしていてよいが、それは私にとってはひとつの心の解決法であって、決して美しい物語ではない。やはり私は、美しい物語の中に生まれ、そこに死にたい。私は、そして人間というものは、美しい物語として生き、死ぬことを願う生きものなのではないだろうか。

4

キナバル山の物語を知った時に、私が思ったことは、これは今のところ共同幻想ではなくて私一人の思いであるが、私が死んで屋久島の山に還るとして、そこから雲に交わり雨となって降りくだり、さてどのような花に私の魂の宿り主としてそれを預けたらよいのか、ということであった。

私が死んだら、その魂は天に昇り、冬ならオリオンの三つ星、夏なら琴座のヴェガに還るともう決まっているが、天だけが還る場所なのでは自由な魂にとっては不自由であろう。地上の山にも私の還る場所がほしい。山に還っただけでは生まれかわることができないから、やはりこの野にくだって、娘達の誰かが摘んでくれるような、きれいな野の花に宿っておきたい。

そう考えて、その花は何の花だろうと探しているのだが、今のところはそれがまだ見つかっていない。見つからない内に死んでしまうと、この物語も終ってしまうので早いうちに見つけたいのだが、今はまだ見つかっていない。

屋久島の葬送儀礼から見る伝統的な死後の魂の行先は、山ではなくて海である。ついに十数年前までは、死者が出るとたてよこ六、七十センチほどの小さな霊屋（たまや）としての屋形が墓地に置かれ、その屋形の壁には船の絵が描かれていた。そしてそこには「先島丸（さきしまる）」という文字が記されてあった。

死者の魂は先島丸に乗って先島へ行くのであるが、その先島が具体的にどこにあるのかは定かではない。海の果てのどこかの島という感じであると同時に、先（さき）島（しま）＝幸島（さきしま）の語感連想もあって、それはやはり琉球文化のニライカナイに連なるものだろうと思う。

最近の私の興味が、海ではなくて山に向かっていることがあって、どちらかというと私の魂は山に還りたがっているようなのだが、屋久島の伝統的な共同幻想は、死後の魂は海に還り、先島へと還る。

七月三十日に海の事故で突然逝ってしまった神宮君は、漁師であった。もう正確には覚えていないが、十六、七年前にまだ二十三歳か四歳の頃に大阪からこの地にやってきて、その時以来ずっと漁に出ていた。焼酎好きの親方のあやつる南進丸という船に乗り、親方と子方という関係であるよりは相棒か兄弟のような間柄になって、ずっとその船に乗りつづけてきた。

大阪芸大に四年までいたという（葬儀の時に親御さんからそのことを知らされるまで、誰もそんなことは知らなかった）神宮君が、なぜ屋久島に来、漁師になったのかは分からないが、この十数年間、神宮君はまぎれもない漁師であり、私から見るかぎり漁師という無言の豊穣を身心のすみずみから発している人であった。

神宮君の魂が、海に還ったのは九分九厘間違いのないところだと思う。

八月二十九日、夏休みもあと二日という日に、私達夫婦はちびちゃん達を連れて、この夏の最後の浜遊びに行った。自分は海に入る気持になれず、妻とちびちゃん達が浅瀬で遊んでいるのを見やりながら、砂浜に腰をおろしていた時に、左脇の砂浜に咲いている青紫色の花が不意に眼に入ってきた。よく見る花ではあるが、これまではしっかり見たことがないことに気づいて、あれっと思いながら見直してみた。見直した瞬間、その花がほぼこの一年間、私が半ばは意識的に半ばは無意識に探し求めていた、生まれかわりの宿主の花であることが直感された。

その時点で、私はまだその植物の名前を知らなかったのだが、家に戻って図鑑で調べてみると、苦もなくそれがハマゴウという名であることが分かった。くまつづら科の植物で、

「海岸砂地に幹を長く這わして広がり、節から根を下して枝が立ち上る低木。丸っこい葉は裏面が細毛に被われて白い。焦熱の砂浜に五~六センチの花穂を出し、青紫色の花が潮風に揺れる。果実は蔓荊子（まんけいし）といって薬用になる。花期は七月~九月」

と、図鑑には記されてある。

仏教では、人の死後四十九日間は中有（ちゅうう）と呼んで、その魂はこの世と彼の世の中間地帯を漂っているとされているから、神宮君の魂がわずか三十日で早くもハマゴウの花に還ってきたとは、少々考えにくい。考えにくいけれども、三十九歳という若さで、あまりにも早く逝ってしまった神宮君であれば、超スピードで中

有界を突破し、生前のようにユーモアたっぷりに、おれはもう悪いけどここにいるよ、と、くぐもった声でつぶやいてくれたとしても不思議ではない。

神宮君という不二の友人をとおして、この夏私は、神宮君の生まれかわりの花であり、私の生まれかわりの花でもあるはずの、ハマゴウの花に出遇ったのである。

「心安うになあ」

1

オリオン星

全天で
いちばん賑やかな
いちばんうれしい星は　オリオン星である
春の宵に

まるでわたくしひとりのために
賑やかに南中している　オリオン星を眺めていると

宇宙（わたくし）百五十億年の孤独は癒され
地球（わたくし）四十六億年の孤独も癒されて
ひとりの静かな念佛者として

南無オリオン星如来・不可思議光佛
南無阿弥陀佛・銀河系如来　と
うれしくうれしく　お念佛を唱えることができる

オリオン星と
銀河系のすべての星々が
明らかな阿弥陀如来であり　神々であると了解されたからには

もう　信に苦しむこともない

この世のことを　なるべく正しく果たし
この世の人たちと　なるべく親しく交わり
この世のことを正しく歌って　ここを過ぎてゆくほかはない

春の宵
この生死でいちばん賑やかな　うれしい星は
わがオリオン星　わたくしの南無不可思議光佛である

2

この二月九日に、大倭紫陽花邑の法主さんこと矢追日聖師が帰幽された。
かねてより顕幽一如と言われ、霊界（身体を離れた世界）と楽しく遊ばれてきた方であるから、その知らせを受けても無念や悲しみの感情はさほどでなかったが、その日の夜に眠りに就こうとした時に、私の身にもある異常が起きた。

十一時過ぎに眠ろうとして床に就いた時に、突然死の恐怖が、つかみかかるように襲ってきたのである。

私が死の恐怖という発作に最初に襲われたのは高校三年の時で、その時はその発作のあまりの強さに日常生活ができなくなり、一年間高校を休学して、精神科や神経科の病院を巡った末に、静岡市にある、森田療法というものを採用した鈴木治準先生という方の病院にお世話になって、二ヶ月ほど作業療法をつづけている内に、何とか日常生活に戻ることができるようになった。

その療法の中心は、恐怖や不安をかかえながらあえてそれを取り除こうとせず、目前の作業にとにかく一所懸命に手を出してゆく、という言うは易く行なうに難かしいものである。

その最初の発作以来、死の恐怖と不安は常に私の中にあり、ありながら目前のなすべきことをなす生き方をそれ以来四十年もつづけてきたわけであるから、死の恐怖、そして不安は、私にとってはいわば空気のようにいつでもどこにでも遍在するものであると言ってよい。

だから、法主さんが帰幽された日の夜にたまたまそれがやってきた時には、きたきたと内心でつぶやきながら、これまでの何十年の間に身につけてきたそれへの対処法を使って、当然のことながらすみやかに去ってもらうべくそれに対処したのである。ところが、普段のようにそれは消えてゆかぬばかりか、なんだかこれまでにない特別の角度のような時空から、ひと息に刃物のような鋭さでぐいと私の中へ入り込んできた。

あっと思った時にはすでに遅くて、私はまったく久し振りに（十年振りくらいであろうか）、発作と呼ぶのが一番ぴったりする、その死の恐怖にがしっと摑まれてしまった。

布団をはねのけてがばと起き上り、大きく深呼吸をしてから台所へ水を飲みに行ったが、そういう形の体での反射的な対処の仕方を迫られたのは、久し振りどころか屋久島に移り住んでからは初めてのことである。高校のころ最初に発作を起こした時は、一晩に何十回もそういうことがあって眠るどころではなかったのだが、二月九日の夜の場合も、これは今夜は眠るどころじゃないな、と、四十年も昔の夜々を思い起こしたほどであった。

台所で水を飲んで、少し落ちついて寝室に引き返したが体を横たえる気持にならない。そのまま足だけ布団に入れて綿入れをかぶってじっとしていると、その日に逝かれた法主さんのことがおのずから思われてきた。

いきなりこんなものが襲ってきたのは、法主さんの肉体が機能を失って、その霊魂が世界に帰入してゆくに際して発せられた衝撃波ではなかったのか、という考えがまず最初にやってきた。けれども、私は法主さんとそれほどに近しく親しい間柄ではないので、その衝撃があったとしてもそれが私にまで伝わってくるというのは、思い過ごしのようにも感じられた。

法主さんの帰幽が私にまで衝撃波として伝わってきたのだとすれば、それはその間にある石垣雅設さんという、法主さんと最も近しい関係にあった人の受けた衝撃波をとおして、それが私にも伝わってきたのかもしれない。石垣さんがそういう種類の衝撃を受けたかどうかは、お会いして聞かねば分からないことであるが、どうもその方が私に起こった現実を理解するには当っているような気がする。

　突然の発作が、法主さんに直接淵源するのか、石垣さんを通してやってきたのか、それともそれらとは無関係にたまたま私自身の内発的な原因によってやってきたのかを考えてみると、残念ながら私自身の内発的な原因という根拠は最もリアリティに乏しく、やはりそれは法主さんか石垣さんのどちらかからやってきたのだと思うほかはなかった。

　精神的な世界にせよ、物質的な世界にせよ、ひとつの世界に安定を与えていた淵源が崩れると、世界全体もそれと同時に崩れる。直接の原因が石垣さんにあるにせよ法主さんにあるにせよ、奈良の大倭紫陽花邑（おおやまとあじさいむら）というひとつの世界からの崩壊の余波が私にまで伝えられてきたことは確かで、それだけ法主さんという存在は深く、大きかったことになる。

　改めてその方角へ向けて合掌し、お念仏も唱え、〈心安（こころやす）らになあ〉と言われていた法主さんの姿を思いおこしていると、いつのまにか、襲ってきていたものは鋭さを失い、私は少しずつ平常に戻ることができた。

3

最近何年かの法主さんを思うと、〈心安うになあ〉と奈良のことばでしきりに私たちに言われたことが印象深いが、その意味はむろん心安らかになあということではなくて、なかよしになあということであろう。ある人がある人と心安い間柄であるといえば、それはその人たち同志が親しい間柄にあることだ。

関西人でない私には正確なところは分からないが、晩年の法主さんが〈心安うになあ〉と言われる時、私はそのことばの響きが大変好きで、いいことばを使われるなあと常々感心していた。

そのことばを私に引き寄せて使わせていただくなら、法主さんは、奇稲田日女命（くしいなだひめのみこと）、須佐緒命（すさのおのみこと）、あるいは奇玉饒速日命（くしたまにぎはやひのみこと）というような古代の霊神と心安うに交わり、もっと時代を下れば聖徳太子とか光明皇后とか日蓮さんの霊と心安うに交わってこられ、その交わりの中で、大倭紫陽花邑という、古代の香りのする明るく静かな霊的な邑（むら）をつくってこられた。

どこからどこまでを古代と呼ぶのか、じつはそこが問題なのであるが、奈良の大倭紫陽花邑を訪ねれば、大和朝廷が成立する以前の諸豪族時代以来流れている地霊神の香りが、邑内の樹木や池や道、磐座（いわくら）や人からそこはかとなく感じられるのは事実であった。つまり、天（アマ）ツ神ではなくて国（クニ）ツ神の放つ、明るくしめやかな土着の香りである。

法主さんは、そのように古代霊と交わりながら、いわば古代を現代とし、現代を逆に古代化して生きてこられたのであるが、そのことの含んでいる意味は、見かけよりもずっと深いものがあることを、最近の私は思う。

というのは、歴史というものを、古代、中世、近世、近代、現代と分けて見て行くことはむろん一つの識見であり常識でもあるが、歴史の遠近法というものをもっと奥深く広げて見るもうひとつの見方があってもよいのではないか、と私は考えはじめているからである。

御承知のように、東アフリカ・タンザニアのオルドバイ峡谷の周辺で、人類が発生してきたのは二五〇万年前とも三〇〇万年前とも言われている。そうであるからには、人類はすでにそれだけの歴史時間を持っているのであり、人類の本当の古代は二五〇万年ないし三〇〇万年前まで遡るのでなくてはなるまい。

歴史年表によれば、人類の文明が発祥したのは、紀元前四千年から三千年にかけてのいわゆる四大文明、エジプト文明、メソポタミア文明、インダス文明、黄河文明ということになっていて、〈古代〉の原点をそこに置いてそこから歴史が始まる。それ以前は、考古学しかたどることのできない、中石器時代、旧石器時代ということになるから、歴史を新石器時代から始めることは、先に記したように一つの必然であり、識見でもあることは当然である。しかしながら、その考古学の成果をもきちんと正史に取り入れて、太古からの人類史の年表を作り直すことは、できないことではない。

まわりくどい表現をしたが、結論的に言うならば、その新石器時代以後、つまり四大文明発祥以後の歴史を、一括して近現代と呼ぶことができるのではないか、そういう歴史観も必要なのではないか、という考えが最近の私の中におこってきているのである。

物理的な時間軸からしても、二五〇万年の内の最近六千年は当然近現代であるが、そのことは別に置いて、歴史が人類の意識の集積の歴史であることを軸に置いて考察した場合においても、世界史的には四大文明発祥以後、日本史的には縄文時代草創期以後は、近現代であるとする見方が成立する。

それは、法主さんが奇稲田日女命というような、大和朝廷成立以前の霊神と交わって、現代の奈良市に大倭紫陽花邑という古代的な邑を作ってこられたことにひとつの例として見られるように、歴史上のある時点に生じたある意識（例えば奇稲田日女命）が、ここにある私たちの意識に具体的に届いて働きかける時には、その意識（霊と呼んでもよい）はまさしく現代のものであるからである。

縄文草創期の土器を今私が見れば、その土器は縄文草創期のものでありながら、今の私の意識としてここに発揚される。同様に、ブッダの言葉を味わえばブッダはここに現われるし、もっと古いリグ・ヴェーダ讃歌の神々に触れれば、その神々はそれとしてここに現われる。

つまり、歴史が人間の意識の歴史であるからには、意識の特性である非時空性（想像力とも四次元延長性とも呼ぶ）が作用して、五千年や六千年の時間は一挙に近現代と呼ぶことが可能な域に引き込まれ得るのである。

この五、六千年の人類の歴史を近現代として眺めてどのような利点があるかというと、ひとつにはこの先五、六千年の歴史を逆に近未来として眺め得るということがある。その視点においては、百年単位（二〇世紀や二一世紀という）で歴史をとらえるのでは見えてこない、「地球・人類」、あるいは「太陽系・生物」というスケールでの非常におおらかな、惑星生態系にかなった歴史の見方というものが可能になってくる。惑星生態系にかなってさえいれば、過去において二五〇万年生存してきた人類であるから、未来においても最低二五〇万年くらいは生存が可能だろう。それだけの時間であっても、太陽の残された寿命の約五十億年に比べれば、微々たる時間と呼ばなくてはならない。

4

この五、六千年の人類史を近現代史としてとらえる利点は、ほかにもいくつも挙げられるだろうが、もうひとつだけそれを挙げれば、歴史の五、六千年が近現代となることによって歴史のスピードが止まるということがある。

これまでの私たちの歴史は累進的に進歩一辺倒の歴史であったが、この五、六千年をまとめて近現代とすることによって、進歩という価値観に変化がおこり、進歩はむろん悪いものではないが、それはより深い惑星生態系の回帰して止まない系域における一要素であるという見方が成立してくる。私たちの現代文明はおおむねアメリカ文明であるが、このアメリカ文明と例えばエジプト文明を、あるいは古代マヤ文明を、あるいはまた日本の縄文文化を、近現代という同一の歴史時代の枠内で眺めることが可能になる。

私たちが歴史に学ぶのは、歴史上に現出した私たち人類の意識の形態を学ぶのであるが、この五、六千年という時間の幅とこの地球上の各々の地域という地域変化の組み合わせにおいては、この近現代における文明のモデルは数十倍数百倍の多様さに拡大され得る。

法主さんが、奇稲田日女命（くしいなだひめのみこと）の時代を現代の奈良の地に息づかせ得たのと同様に、ブッダの時代はまだ現代であるし、聖書の時代を現代とすることも可能である。

社会の基盤にコンピューターという不可逆性の技術が置かれた現在、というより技術というひとつの不可逆性から文明を見れば、文明はひたすら進歩する以外になく、また真にそうであってほしいと私も願うが、その進歩は技術の進歩であって、人間性のそれではない。人間性は、百年前も千年前も五千年前も、寿命せいぜい百年という定められた枠の内にあって、現在の平和と幸福を願い、未来の平和と幸福を願う存在であるという一点において進歩し得ない。

正確な歴史資料を提出できるわけではないが、技術という概念を獲得した四大文明発祥以来の人類史は、すべて現在及び未来の人類の平和と幸福を願う歴史のバリエーションであったという意味でも、それは近現代史であると言えると思う。

以上のことは、あまりに大まかなデッサンであることは私もよく承知しているつもりであるが、少なくともこれは理屈ではない。

実感として私の場合であれば、ブッダの時代やウパニシャッドの時代、リグ・ヴェーダ讃歌集の時代は近現代であり、そこから私が与えられ、今の社会に伝えたいと思うことは無尽といってよいほどにある。

法主さんが帰幽されて、法主さんのように古代を伝えてくださる方はなくなったが、私たちは法主さんでなくとも、誰でも自分の内に古代を持つか秘めているかしている。そうであるとすれば、その古代の豊かな声をよく聞いて、明らかにそれを自分へのことばとして聞きわけるならば、それがそのまま古代を現代化することであり、現代を古代化することである。それがつまり、歴史に学ぶことであり、歴史を生きることの意味でもあるだろうと思う。

絶望の帽子

1

鹿児島市に用事があって、市内で一晩泊まり、翌朝八時四十五分出航のフェリー屋久島IIで、とんぼ返りに島へ戻ってきた。

フェリーが屋久島の宮之浦港に着いたのは十二時半頃で、高いタラップを降りながら港を見遣ると、予定どおり春美さんとすみれちゃんと閑(かん)ちゃんの三人が迎えに来てくれていた。

おやっと思ったのは、三人ともそれぞれに帽子をかぶっていたことで、春美さんは大きな麦わら帽子、すみれちゃんは布製のつばのある帽子、閑ちゃんは野球帽をかぶっている。

風が少し強く、冷たいものの、お天気は上々で、港には春の光がはじけるように溢れている。出迎える人達と迎えられる人達のいつもに変わらぬ賑やかな風景を、その光がいっそうはなやいだものにしていた。

「今日はお弁当を作ってきたよ」

右手に閑ちゃん、左手にすみれちゃんと、早速手をつないで、車の停めてある方へ歩き出すとすぐに春美さんが言った。

ぼくとしては、その日のお昼はどこかそこらの店で（多分「かぼちゃ家」という店で）、ラーメンを一緒に食べようかなと考えていたので、先を越された感じだったが、そのように先を越されることは、もとより願ったりのうれしいことであった。

屋久島でもぼく達の住む北部は、冬の間は滅多に晴天の日がないので、たまに晴れわたった日に恵まれると、必ずといってよいほどぼく達は弁当を持って海辺に行く。ピクニックというほどのことではなく、おにぎりとちょっとしたおかずと、お茶を持って海へ行き、気が遠くなるほど真っ青な海を眺めながらそれを食べる。ちびちゃん達を少し遊ばせ、潮の加減がよければ少し貝などを採ったり、薪になる木が打ち寄せられてあればそれを拾い集めて帰ってくる。

三月に入ってからは、まだ一度も海へ行ったことがなかったので、風が少々強いとはいえ、そんな日に海に行かないという手はないのだった。

そこでぼく達は、車を泊川（とまりごう）と呼ばれている所で停めて、そこから海岸まで二、三百メートルの草道をくだることにしたのだが、その時にも春美さんは子供達に帽子をかぶらせ、自分もつばの広い麦わら帽子をかぶって、意味がありそうにぼくを見た。

彼女の手にはもうひとつ大人用の麦わら帽子が握られていて、それは当然ぼく用に持ってこられたものである。

いくら日差しが強くなってきたといっても、まだ三月に入ったばかりで、そんなものが必要とは思えないし、ぼくとしてはむしろ裸の頭で目いっぱい春の陽を浴びたい気持の方が強かった。

「ぼくはいらない」

と、それで切角ではあるが、断った。

ところがその途端に、なぜ三人が帽子をかぶり、なおかつ当然のようにぼくの分まで用意されていたかという理由が、あっと思い返されてきたのである。

2

少し前に、山梨県の大泉村に住んでいる都美納(みやこみな)さんから、高木善之、とだけ記されたカセットテープが送られてきた(高木さんについては現在では、同氏主宰の地球村という集まりが日本中のあちこちにあって、大変によく知られる存在となったが、当時はまだ全く知られていなかった)。都さんのことだから、きっとまた新しい音楽家を見つけ出して送ってくれたのだろうと思い、早速再生してみると、それは音楽ではなくて講演会の録音テープであった。それも電磁波の危険性等が語られている。

電磁波のことなら、この数年来はずい分警告情報が発信されているから、改めて聞くまでもないと思ったが、ひとつには都さんがそれをわざわざ送ってくれたのには何か理由（わけ）があるに違いないと思えたのと、もうひとつには高木善之というその人の声の質が、さらに聞きつづけさせるだけの奇妙な魅力を秘めていたのとの両方で、そのまま二時間近い講演テープを一息に聞くことになった。

内容は、電磁波の問題からダイオキシンの問題、資源リサイクルの問題に移り、さらにフロンによるオゾン層の破壊に移り、炭酸ガスの増加による地球の温暖化、さらに地球上の人口増加に伴う食糧不足の問題と、ぼく達にとってはすでに馴染み深い問題を取り上げているにすぎないのだが、その語り口というか声の質がどうにも奇妙で、ひと度聞きはじめると、次第にその内に引き込まれて、与えられる知識や情報とは別の、ただならぬとさえ言いうる高木善之という人の人格世界へ導入されてしまうのだった。

その理由は、二時間ほどしてテープが終った時に分かった。

高木さんは、これまでにすでに千五百回もの講演を重ね、現在も多い日は一日に二回、一年間で数百回の講演予定が入っているという人だが、松下電器というトップ企業に勤めながらそのような行動を起こすきっかけとなったのが、十五年ほど前に遭遇した交通事故による全身麻痺の体験であったそうだ。

眼と口が動くだけで、首から下は全く動かない重傷のベッド。何度かは心臓さえも停止し、その都度蘇生してきた臨死体験の中で高木さんは、十年後にはソビエトが崩壊し（その当時はむろん存在していた）、二十年後はアメリカが崩壊し、三十年後には世界全体が崩壊するという、未来からの記憶と本人が呼ぶヴィジョンを与えられたのだという。

ぼくはオカルト主義者ではないので、そのようなヴィジョンに事実性と現実性を託し得るかは留保せざるを得ないが、高木さんがそのヴィジョンを発条（ばね）として生への道を回復されたのは事実で（本人がそう語っておられる）、世界の崩壊を止めるために、科学者としての自分の全力を尽くそうと決心したのだそうである。

すると不思議なことに、麻痺していた首と背骨がつながり、両手両足が次第につながって、命が助かっただけでなく、医者からは絶望と言われていた社会復帰まで果たせることになったのだそうである。

高木さんは、今日も日本のどこかで講演をしているだろうし、これまでその人のことを知らなかったのは島住まいのぼく達の情報の乏しさで、ここにこのように記すまでもなくすでに多くの人達が彼の名前と行動を御存知なのかもしれないが、再起した高木さんの最初の講演の相手は、ほかならぬ松下電器の社長その人であり、そのことによって業界のトップを切って松下電器は、自社の製品からフロンを追放することを決心するに至ったのだそうである。

高木さんの話は、社会変革を暴力をもって遂行することはもとより、非暴力さえもその内に怒りを内蔵しているゆえに否定して、非対立、という新しい態度をもって進めてゆくことを提唱して終わるのであるが、そこに至って始めてぼくは、なぜ高木善之という人の声の質が、奇妙に人を魅きつけ、語られ伝えられる資料（データ）的内容もさることながら、それ以上に不思議な人格的深淵とも呼ぶべきものにぼくを導入したのか、という理由が分かった。

何度か起きたという心臓停止の体験を通して高木さんは、生命というものの本質が〈非対立〉であり、〈平等〉であることを、肉体のレベルにまでも深く刻印されたのであろうと思う。

3

　書斎で一人でテープを聞いたぼくは、すぐにそれを居間に持って行き、春美さんにも聞いてもらった。

　このままでは世界は崩壊するという話だから、ありていに言えば溜息ばかりが出るテープなのだが、なぜか彼女も忙しい家事とまつわりつく幼児をこなしながら終わりまで聞き、それ以上にそのテープをダビングして、近しい人に聞いてもらおうと言いだした。

　話の終わりごろで高木さんは、一九一二年にニューファンドランド島沖の北大西洋上で、氷山に衝突して沈没したイギリスの豪華客船タイタニック号（四万六千トン）の喩えを引いた。

　タイタニック号は、決して沈むことのない世界最大の豪華客船として建造され、二千二百人以上の乗客を乗せての処女航海で事故に遭うのだが、船が氷山に衝突して傾きはじめても、乗客の誰一人として船の安全性を疑う人は居らず、ひたすら夜の宴会を楽しみ続けていたそうである。しかしながら船は傾き続け、やがて沈没するということが全員に了解された時、その絶望の中でじつは奇蹟が起こる。

女性や子供を中心とした七百人以上の人達が優先して救命ボートに移され、その人達の生命と引き替えに残りの千五百人以上の人達は、船と共に四千五百メートルもの海底へ沈んで行った。女性と子供という未来へ、男達は自分の身を捧げたのである。

この惑星が、核放射物質なりオゾン層の破壊による紫外線の増加なり、その他のすべての環境破壊の複合によって、生命現象を維持することができないほど致命的に汚染されつつあるならば、救命ボートという装置を持たないぼく達はここから脱出することはできず、従って脱出する者達に未来を託することもできないのだから、タイタニック号の比喩には欠けたものがある。それにもかかわらずその比喩がリアリティを持つのは、宇宙船地球号というすでに言い古されてさえいるこの閉ざされた系が、比喩ではなくてまさしくタイタニック号そのものであるらしいことを、ぼく達がぼく達自身の身体と意識の両域において、すでに無意識域に到るほど深く感受しているからである。

春美さんは、テープを聞いた日から、天気の良い日に畑仕事などをする時には、自分も麦わら帽子をかぶるし子供達にも必ず帽子をかぶせる。

それは、講演の中で高木さんが、太陽力の強い沖縄の糸満市で、紫外線測定器を使って測ってみたところ、いきなりdanger（デインジャー）（危険）の表示が出てきたと語っておられたこと等にもとづいている。

野草社の石垣雅設さんは、陸上競技部の息子の瑞彦君の腕に、紫外線測定時計をつけさせたと言っておられたから、これもまたぼくなどがここで改めて記すまでもない、すでに世間では常識になりつつある事柄なのかもしれないが、その測定器には、その時その場の紫外線量によって、それを浴びても安全というか許容される時間量が、二十五分間とか三十分間とか、十分間とか五分間として具体的に示されるのだそうである。danger というのは、その時間量つまり太陽を浴びて安全な時間がゼロであることを意味している。

紫外線というのは太陽力が強ければ強いほど強まるのだそうで、冬の沖縄糸満市で一分間でも日光を浴びることが危険ならば、屋久島とてもほぼ同様のはずである。

春美さんがその日から麦わら帽子をかぶりだし、子供達にもかぶせ始めたのを見て、ぼくが思ったことは、しかしながら逆に紫外線を防ぐ目的などのためにはぼくは決して麦わら帽子はかぶらないぞ、ということだった。

ここに記しているのは、〈南の光のなかで〉と題したぼく達の生きることの物語なのであり、その〈南の光〉が即危険そのものであるならば、ぼくが生きることの基盤は根本から失われると言って言い過ぎではない。

紫外線測定器がどのような表示を示そうとも、ぼくは帽子などはかぶらない。ぼく達の日常生活は比喩ではなく太陽の下において成立しているのだから、太陽が危険というのであれば、その下で皮膚ガンにでも何にでもなって、皆んなでじわじわと死んで行く以外には生きようがない。

4

春美さんが仕上げたダビングテープを、友人の長井三郎さんに手渡してから、最初に記したように、三月三日のひな祭りの日に、ぼくは船で鹿児島市へ用足しに出掛けた。

その日の鹿児島市は絵に描いたような上天気で、太陽は燦々と降りそそぎ、確実に二十度を上廻る春の盛りのような暖かさだった。

その光の中を、午後の半日をかけて用を足し廻ったけれども、なぜかその間ぼくは一度も紫外線のことを思わなかった。夜に入ってからも、友人に会ったせいもあろうがそのことを思い出すこともなく、次の朝は八時四十五分出航の船に乗って島に戻ってきた。

迎えに来た春美さんと子供達が帽子をかぶっているのを見ても、おやっと思ったくらいだから、それほど完全に紫外線のことは忘れていたのだ。

太陽光がdangerであるなどということは、到底受容することのできないことだから、忘れ去って、その代りにフロンが危険なことを皆で共有してゆけばよい、というのが、多分ぼくの絶望したくない無意識裏の生理学なのであろう。

泊川（とまりごう）で車を停めて、海岸へ向けて歩き出した時にも、ぼくは帽子を断ったにもかかわらず、春美さんはぼくの分の帽子を持ったままだった。

その日の海岸は冷たい風がやや強く、春の海をゆったり味わう感じではなかったが、岩浜の海岸には、風はさえぎってくれるが太陽はさえぎらない岩陰があって、ぼく達はその日だまりで楽しくお弁当を食べ始めた。

楽しく食べ始めたが、春美さんと二人の子は帽子をかぶっており、ぼくはかぶらないのが落ちつかない。ぼく用の麦わら帽子は、手の届く場所に置いてある。

紫外線測定器が示すdangerという表示は、一定の科学的判断によってなされたもので、その判断基準には当然科学者達の主観があり、極左的な（危険を重度視する）ものから、極右的な（楽観視するもの）ものまで、様々な立場があるはずである。高木さんの立場が極左ではない保証はどこにもない。

意識のどこかで、なおもそんなことを思いながらお弁当を食べていたが、その内にふと、切角そこに帽子があるのだから、別にかぶってもいいではないか、という考えも浮かんできた。もともとぼくは、麦わら帽子というものが好きで、それをタイトルにした詩集さえ一冊出している。久し振りにそれをかぶってみるのもかえって楽しいかもしれない。それにむろん、かぶれば春美さんも喜んでくれる。

そう思って、手を伸ばして帽子をかぶってみると、麦わら帽子特有の安らぎの感覚とともに、多分春美さんの内奥から発せられる。この時代の途方もない絶望感がのりうつってきて、その重さにぼくは思わずよろめき、ぐいと背を正さなくてはならなかった。

まるで遊びのようにして、彼女がにわかに帽子をかぶり、子供達にも帽子をかぶらせるようにし始めたことの内には、ぼくはもとより、彼女自身さえ明確には意識していない、この時代の絶望的な未来がある。

上空十万キロかの位置に、一気圧に換算するとわずか三センチほどの厚さしか存在しないオゾン層があって、それが陸上の全生物の生命を紫外線から保護している。そのわずか三センチ分のオゾン層が、ぼく達の文明によって日々に破壊されつづけている以上、人類文明はもとより陸上の全生物にとって未来はない。

さあどうするか。

麦わら帽子をかぶり、春美さんとその絶望を共有することによって、瑞彦君の腕に紫外線測定時計をはめさせた石垣雅設さんと絶望を共有することによって、また、カセットテープを送ってくれた都美納さんと、その絶望を共有することによって、そしてむろん講演者の高木善之さんとそれを共にすることによって、つまり万人とこの絶望を共有することによって、フロン及びその一切の類似物をサリンのように恐れ、地上から一切禁止してゆくほかはない。

非加熱製剤の血液を、極左の科学者（危険度を重視した人達）は危険だといい、極右の科学者（楽観論者）は安全だと見て遂行した結果を、ぼく達はすでによく知っている。陸上生物全体の（海水中には紫外線は届かない）未来を左右するオゾン層について、ぼく達はそれが科学的データに基づいている以上は、どのように極左的絶望的主張であっても、受け入れてそれを解決してゆく以外には方途がないのである。

時の彼方へ

1

エナントオルニス

一九九四年の五月
岐阜県の荘川村というところで
エナントオルニスという小鳥の　一本の足骨（あしぼね）の化石が見つかった

長さ七ミリ　直径一・二ミリ　幅二ミリの
つまようじの先ほどの大きさの　この化石は

一億三千五百万年前（白亜紀前期）のもので
日本では最古の　鳥の化石であるという

一億三千五百万年前の　一羽の小鳥の足の化石が
今ここに在る　ぼくにメッセージしてくるものは
ぼく達もまた　現代の
エナントオルニスという名の　その小鳥なのであり

この惑星上で　今
かつての　その小鳥達と同じく
生老病死の　美しいうたを　歌いつづけているのだ
と　いうことであった（その小鳥達が歌うならば…ではあるが）

つまようじの先ほどの　美しいうたを

この地上の　万象とともに
小鳥のように　エナントオルニスのように
心から　歌いつづけてゆくのだ　ということであった

ちなみに　その種の化石は
中国やスペインでも見つかっており
始祖鳥と同じくらいに　古いものなのだそうである

2

私達のひとりひとりの在り方は、一億三千五百万年前の、エナントオルニスと名づけられた小鳥のように、つまるところ、めいめいの歌を心から精一杯に歌い、あとは子孫に任せて、まもなくこの地上から姿形(すがたかたち)としては消えてゆくほかには在りようはない。

私達の骨の一部が運よく化石となって、一億三千五百万年後の人類か、または新たなる意識体によって発見されることがあるかもしれないが、その確率はあまり高いものではないだろう。

そういう考え方は、一見すれば非生産的であり、無常ともいえるが、まじめに考え直してみるならば、考古学ないし古生物学が過去の一億三千五百万年という時間を物質的に把握してしまった事実があるからには、当然の反照として未来の一億三千五百万年という時間も、私達はすでに意識の事実として手にしているのだといわざるを得ない。

私達の希望は、単に二十一世紀というショートスパンのみならず、それほどの時の彼方にまで、すでに確実に届いているのである。

一億三千五百万年という時間があれば、その間に人類がひと度は亡びたとしても、もう一度始祖鳥あたりからやり直すことができるかもしれないし、もし滅びていなければ、別の太陽系のもうひとつの地球へ日帰りの散歩でもするようになっているかもしれない。

光の真空中での速度が毎秒約三十万キロメートルであることはよく知られており、光速より速いものは目下のところ存在しないことになっているが、私達の意識は、光速などは原始的な乗物であるかの如くに、一万光年の距離であろうと一億光年の距離であろうと、一瞬の内にそれを越えて往来することができる。

それほどの不可思議な意識の保持という奇蹟に恵まれた人類が、一億年どころか千年先さえ見ることができず、百年先、十年先さえも希望において見ることができないのは、意識体としての人類全体の希望力が弱まっている証拠であるし（肉体としての人類の生殖力が弱まっているのはその反照かもしれない）、希望力がこのまま弱まっていけば、私達は全体として滅びの方向へ傾いて行くほかは行きようがない。

エナントオルニスと名づけられた小鳥の、つまようじの先ほどの化石が僕に与えてくれたものは、少なくともその一億三千五百万年の時間に耐え得るだけの希望を、私達は強く持つべきであり、基本的にはすでに持っているのだという事実であった。

3

ルーへ／ルーから

ある日ルー・ウェルチが　ひょっこり目の前に現れた。

しかもピンシャンしてるじゃないか。

「この野郎」とぼくはいった。

「おまえ、拳銃で自殺したってのは、ありゃウソか」

「ウソじゃない。ちゃんとやったよ」と彼はいった。

そしてその時もまだ、ぼくの背中は、なんだかうそ寒かった。

「うん、たしかにおまえやったらしいな」とぼくはいった――「おれ、いま感じてきたよ」

「そうなんだな」とルーはいった。

「どうやらおまえの世界とおれの世界とのあいだには、
なにか本源的な恐怖が横たわっている。どうしてなのか、おれには皆目わからんけど。
おれが今日いいにきたのは、
ほかでもない循環(サイクル)のことを、子供たちに教えてやれってことだ。
そう、生命の循環のこと、それからすべてのものの循環。
宇宙のすべてはこれにかかっている。ところがみんなが、そいつを忘れてるんだ」

この詩は、一九九六年に思潮社から出版されたゲーリー・スナイダーの詩集、「ノー・ネイチャー」から引用したものである。訳者は昨年（一九九七年）亡くなった金関寿夫さんだが、一部に僕の手も加えた。

突然にゲーリー・スナイダーの詩を引用したのは、ほかではないそのゲーリーに遇うべく、去る三月の末に二日間ほど、「山と溪谷社」という出版社の仕事で、カリフォルニア州のシエラネバダ山脈の森にある彼の家を訪ねてきたからである。

一九三〇年生まれのゲーリーは、今年六七歳。僕達が親交を結んだのは一九六〇年代の末のことだから、ほぼ三〇年前のことであるが、彼はその当時と変わらぬ深い笑顔をもって迎えてくれた。日本風に慈顔とも呼ぶべきその深い笑顔がゲーリーの人柄の特徴で、三〇年前に初めて彼に遇った時にもそれに魅せられたが、今回もまた変わらぬその笑顔にたちまち溶かされて、僕は心から再会を楽しむことができた。

まる二日間にわたった対談の内容は、「山と渓谷社」発行の「outdoor」誌で二回続けて特集される予定だし、年内には単行本にもなる予定なのでそれを是非読んでいただきたいが、そのテーマをひとことで言えば、私達はどうすれば希望を持って二十一世紀を迎えることができるか、という単純で困難な問題であった。

今でもよく覚えているが、僕が東京の小学生だった一九四〇年代の後半には、小学生向きの雑誌のグラビアには（終戦後のことで紙質も印刷技術も今からすれば粗悪なものにすぎなかったが）、高速道路が幾重にも走りくねり、高層ビルが建ち並ぶ未来都市が美しく描かれており、小学生ながらも、未来とはそのように壮大で、希望に満ちたものであることに胸を踊らせた。

わずか半世紀の時間において、その未来都市は現実のものとなったが、私達の誰一人としてそのことによって夢がかなったとは感じていないし、心から幸福だとも感じてはいない。

僕の家には小学二年生と幼稚園の年長の子供もいて、小学館発行のそれぞれの年齢向けの雑誌を毎月買い与えているが、試みにその雑誌の何冊かを調べてみると、超能力を持ったマシーンやキャラクターのグラビアが主流で、未来とはとりも直さずそのような超能力を個人として獲得することにあるかのようである。

また、迷路パズルが華々しく毎月登場してくるのが特徴で、子供達は熱心に毎月それを解く。それに次ぐのが動物や植物のアップ写真で、自然界にはよく見ればたくさんの神秘が秘められてあることが示されている。

全体として特徴的なことは、私達が子供であった時分のようには未来は少しも輝いておらず、未来文明というイメージやデッサンそのものがいささかも登場し

てこない点である。それどころか、迷路パズル全盛の誌面から容易に想像できるように、子供達の夢も、大人達のそれと同様に毎月毎月これでもかとくりかえされる迷路の内に迷いこんでしまっているのである。

ルー・ウェルチという詩人について僕はほとんど何も知らないが、シエラネバダの森の家でゲーリー自身から聞いた話と、ゲーリーの著作から得た知識を集めてみると、その人はハイスクール時代からのゲーリーの同級生で、詩人であり、ゲーリーやアレン・ギンズバーグ（先頃ニューヨークで亡くなった）らと共にビートジェネレイションと呼ばれた反文明的な詩世代を形成した仲間であった。

ゲーリーやアレン達がシエラネバダの山中に、共同で四〇町歩もの広大な森林を購入した際には、むろん彼もその仲間の一人であった。それがいつだったのか正確な時期は聞きもらしたが、多分土地を購入してからあまり時が経っていないある日、ルー・ウェルチは拳銃を手にしたまま、マンザニータと呼ばれるツツジ科の低灌(かん)木の大ブッシュの中に消えて行き、そのまま二度と戻ってこなかったのだという。

むろんゲーリー達は、その大ブッシュを何日もかけて探し歩いたが、遺体はもとより遺品のようなものも見つからなかったという。

そのルー・ウェルチが、ある時夢に立ち現われて語った（という組立ての）詩が先に引用したものであるが、

「ほかでもない循環（サイクル）のことを、子供たちに教えてやれってことだ。

そう、生命の循環のこと、それからすべてのものの循環。

宇宙のすべてはこれにかかっている。ところがみんなが、そいつを忘れているんだ」

という死者からの伝言は、私達の文明というものを再構築していく上で、もっとも基本に置かれるべき視点のひとつだと僕は思う。

4

僕としては思いもかけなかったアメリカ行きであったが、到着したサンフラン

シスコの街は、輝く青空のもとで白色を主調とした美しい街であった。

けれどもその街に、むろん文明の未来はない。僕とても三十歳になる以前はアメリカ文明への憧れを人並みには持っており、わけてもビートジェネレイションと呼ばれた新しい対抗文化(カウンターカルチャー)の動きからは、大きな影響を受けた。それゆえに、サンフランシスコに着いて最初に訪ねてみたいと思ったのは、ビートジェネレイションの発祥地といってもよい「シティライツ(街の光)」という名の出版社兼本屋であった。

その出版社が、今もあるのかも分からないまま訪ねてみると、二階建てのがっしりした建物のまま現存しており、窓には、昔僕も夢中になって読んだ「路上(オンザロード)」の作家であるジャック・ケラワックと、映画化されたその作品の主人公ディーン・モリアーティを演じた俳優が並んだ大きなポスター写真が貼りつけてあった。それだけでなく、社屋の横の狭い道路は「ジャック・ケラワック通り」と命名されており、少なくともその一角及び社屋内の本のディスプレイにおいては、ビートジェネレイションは過去のものではなかった。

とても心安らぎ、とても懐かしい空間ではあったが、文明の未来はむろんそこにあるわけではない。文明の未来は、その時僕の内部においても、ゲーリー・スナイダーとともに確実にシエラネバダの森の中にあったのである。けれどもそれは、サンフランシスコという美しい都市を否定することではない。サンフランシスコを、もっと住みよい、もっと美しい都市へと未来的にデザインするために、八〇号線ハイウェイを、シエラネバダへと遡上してゆくのだ。

車でサンフランシスコから六、七時間の山中に彼の日本風の家がある。標高約千メートルの森だが、その森からはユバ川と呼ばれる豊かな川が流れ出している。ユバ川は、カリフォルニア州の首都であるサクラメント市の近くで、北から流れてくる大河サクラメント川に合流する。一方、ずっと南のフレズノ市の方からはサンジョアキン川というもうひとつの大河が流れてき、サンフランシスコの東方でひとつのサクラメント河に合流して、やがてサンフランシスコ湾に流入する。

僕はその地の住人ではないから、その幾すじもの川から成る流域系の風土、文化というものを肌身にしみて受けることはかなわないけれども、水の循環である川という血脈において、シエラネバダとサンフランシスコは分かち難く結ばれていることは、充分に分かる。

これをデッサンとして、流域系政治経済文化圏という言葉においてとらえてみれば、未来文明の基本的な構図というものが少しは見えてくるはずだ。ゲーリー・スナイダー達は、それを生命地域主義（バイオリージョナリズム）という言葉で呼んでいるが、その言葉はドイツの緑の党発の生命場（ビオトープ）という言葉とも、ほぼ正確に対応し合うものである。

私達人類は、この惑星の主人ではなく、他の数万数億種類の生物や無生物とともに、この惑星に所属している生物のひとつであって、それらの無数無限の生物及び無生物の循環の中で（たとえば水ひとつの循環を考えてみればすぐに分かるように）その循環のひとつとしてここに生きているのだ、という了解が、二十世紀の文明というものを通して私達が得た最終的な結論であった。

サンフランシスコ、そしてまた僕の生まれ故郷である東京の街は、ひとつの流域に所属する未来都市として新たに森林河川都市というヴィジョンを自分のものとして、再構築されなくてはならないのだと思う。森林都市の川の水は、すべて飲める水であることが必要である。そのためには、流域系の政治経済文化の再構築という新たな視野がどうしても必要になる。

都市の側から、森の側から、流域の各々の場から、私達は当然個人の死をも含む循環する未来をそれぞれに紡ぎ出すことができる。

エナントオルニスは、一億三千五百万年という時間をたまたま紡ぎ出してくれたが、太陽系、従って地球の寿命は、まだ少なくとも五十億年は残っている。私達が、地球という神、あるいは法（ダルマ）に所属していることさえ忘れなければ、生命現象及びその意識化というこの宇宙空間における奇蹟は、巨大流星が衝突でもしてこない限りは、まだ今始まったばかりの段階にあるのだとさえ言うことができるのである。

善い日

1

昨年（二〇〇〇年）の十一月以来、八ヶ月にわたって、家で末期ガンの闘病生活を送っている。

昨年の十一月二日に、あまり胃が重いので島内の診療所に行って胃カメラを飲むと、下部にすでに五センチ大に肥大した胃ガンが見つかり、即手術をせねばということで、翌日に鹿児島市へ飛んで精密検査を受けた。すると、ガンはすでに胃下部の大動脈リンパ節まで深く転移進行していて、そのリンパ節転移が複雑でぼう大であるため、すでに手術は不可能であるという。

ぼくがかかった鹿児島市の医師は、若い時分には東京の国立がんセンターに勤務していて、そこで、ぼくら六〇年安保世代の者には（個人的にも）忘れることのできない人物である。唐牛（かろうじ）健太郎の最後を看取った人である。それゆえ現在も国立がんセンターには個人的なコネクションを持っていて、鹿児島では手に負えないような患者や国立がんセンターを信仰しているような種類の患者は、そちらへ紹介するという道すじができていた。

ぼくの場合は、ひたすら手術の難度が高いため、もしかしたらそこまで行けば手術をしてもらえるかもしれない、という期待があって、週に二日しか外来には対応しないという笹子三津留外科医長という人を紹介され、十一月十五日に妻に同伴してもらって国立がんセンターの外来へ行った。

笹子医師は、ことメスの使用にかけては、日本では他に並ぶ者はいないのみならず、世界でも三本の指の内に入ると囁（ささや）かれている人で、そんな名医であれば少々複雑なリンパ節ガンでも切ってくれるだろうが、鹿児島でならまだしも東京で入院するのはかなわんなあ、などとぼくはまだ呑気なことを思いつつ、順番が来て診察室に入ったのであるが、じっくりとレントゲン写真をにらみつけた笹子医師の口からは、きっぱりと手術はすでに不可能ということが告げられた。

それほどに発達したリンパ節ガンを切り取って行けば、生体の方がそれに耐え得ずに死んでしまう、というのである。

ここに到って、事の重大さに再度気づかされたぼくは、

「それではご縁があったら、またお会いしましょう」

と無理にもにこやかに挨拶をしてその部屋を出たまではよかったが、さてそれから先どうしたらよいものか、もとより皆目見当は立たなかった。

2

海辺の生物たち

ぼく達はすぐに　海辺の生物たち
ウニやヒトデや　という
貝たちや

小ガニの姿などを思い浮かべるけれど
じつはぼく達人間も
そうした海辺の生物たちの　一員にすぎない。

人間っていうのは
海辺の生物の一員だったんだって考えると
それだけでとてもうれしくなるが
それだけではない。

人間というのは
永遠という
それ自体　光であり　究極であり　至福でもある存在の
ほとりに住む生物たちの一員であり
その名を呼ぶことさえもできるもので

事実として
その結晶体でさえあるものである。

人間っていうのは
海辺の生物の一員であり
海の結晶の　ひとつの形なんだって想うと
それだけでうれしくなるが
それだけではない。

人間というのは
永遠の永遠という
それ自体　光であり　究極であり　至福でもある存在の
人間という名の結晶体でもある。

ね。
それだから今日もぼくは
青い海のほとりで　つまり永遠のほとりで
海を讃える歌と
永遠を讃える歌を
ヒトデのようにウニのように歌っているのです。

この詩が出来たのが今年の五月二日のことであるから、これを通してぼくの家庭治療状態の大まかなスピリットは推測していただけるかとも思うが、現在のぼくが、自分の人生の責任において生じさせてしまったガンという病と、止むを得ずとはいえ基本的には共存共闘の姿勢に入っていることはお分かりいただけるかと思う。

これから記そうとする少々長い善い一日は、その（むろん苦しくもある）八ヶ月間の内の一断片であるが、ちょうど夏至の日に当たり、家の入口に植えつけてあるノウゼンカズラが濃い見事なオレンジ色の花のトンネルを、夜明けの内にこしらえておいてくれたことに始まったように思う。

小学六年の海彦、四年生のすみれ、二年生の関の三人が、それぞれに学校へ出掛けていくのに向けて、

「海彦、いってらっしゃーい」

「行ってきまあーす」

「すみれちゃん、いってらっしゃーい」

「行ってきまあーす」

「関ちゃん、いってらっしゃあい」

「行ってきまあす」

と、一人ずつに声を掛け、その一人ずつがまた素直に声を返してくれたことが、まずはとてもうれしかった。

普段であれば妻は声をかけるが、ぼくはそもそもまだ寝ているか、起きているとしても黙っているか口の中でもそもそと声を出すのが関の山で、大声でそんな

声をかけることなどないことなのであるが、自分に死期が迫っているからか、ノウゼンカズラの花のトンネルがあんまり美しかったせいか、多分その両方のせいで、大きな声で三人を送り出して、ぼくは朝からしみじみと子供を持つことと、生きてあることの幸福を味わった。

別の言葉でいえば、三人の子供達を学校へ送り出し終えた瞬間に、ぼくの人生はある意味で全く完成していたのであった。妻と顔を見合わせ、

「わが子ながらいい子供達だね」

と微笑むと、

「あなたがいつもこんな調子なら、もっといい子に育つのにね」

と、妻は調子にのっていささか手厳しい。

「ノウゼンカズラのせいだよ。あんなうまい具合のトンネルに咲いてくれたのは初めてだものね」

その日、ぼくの心調のみならず体調もよかったのは、モルヒネの使用が順調に軌道に乗ったからでもあった。モルヒネ使用は、一般的にはガンの最終段階を示

すものであり、出来ることならそれは使いたくはない。止むを得ず使うとしても、その量は最少限に押えておきたい。そうした心理作用から、ぼくもかなり長い間無駄な痛みをこらえ、モルヒネ使用に抗（あらが）ってきたのだったが、やはり抗っても無駄な時間が訪れてくる。どう我慢しても下腹部及び背中の痛みがひどく、のたうちまわるほどではないにしても、とてもじゃないが日常の生活を営んでいくことが出来ない時がやってくる。四月の半ばに、ぼくにもとうとうそれが来て、鹿児島の医師に連絡を入れてとうとうモルヒネの飲み方に関して指導をしていただいたのだった。

二、三日、痛みはあったりなかったりの状態が続いたが、やがてぴたりとそれは止んで、顔を自分で洗うくらいの日常生活は、再び何の苦もなくこなせるようになったのが、そのノウゼンカズラの咲いた日であったのだった。

にんじんとりんごをジューサーでしぼったジュース、それに赤ちゃん用の粉ミルクをスプーンで山盛り四、五杯加えたもの、それに玄米の重湯から成る朝食を終えると、妻は早速に朝の治療にかかってくれる。摺り器ですりおろした生ショウガを五、六本分布きんにためてゴム輪できびり、それをストーブで沸とうさせた熱湯に浸して熱湯ショウガ湯をこしらえる。その中にタオルを浸して、熱(あつ)々にしてから患部を湿布してくれるのであるが、これがまたえも言えないほどに気持よい極楽世界と言えるのである。

私の尊敬している和田重正先生の『極楽』という書物によれば、親鸞上人が何と言われようと法然上人が何と言われようと、死んだ後には極楽などはなく、極楽は生きている只今此処にこそあると言われるのであるが、ぼくはそのことについては意見をちょっと異にしていて、死後にも極楽はあると思っているのであるが、そんなわずかな意見の相違などどうでもよいかのように、ショウガ湯熱湯湿布の世界に入って行くと、その世界そのものが極楽となる。

まず、やけどをしない程度の熱々のタオルが、お腹の皮膚を通して内臓の五臓六腑に沁みこんでくる。むろんそのタオルにはショウガの香りが深く浸みこんでいるから、眼をつぶってもその熱と香りを内臓でかみしめていると、この世の他のすべての出来事や想いはおのずから消え失せ、ただひたすらに熱いショウガ湿布一本の世界となる。

それは恐らく何百年、何千年にわたって、日本民族がそうした場合に採用してきた極楽への導入法であり、従って治療の導入法であったにちがいない。むろんこの極楽は、夏場の現在であってもすぐに冷めるし、妻は買い込んできた長手のゴム手袋と軍手二枚をはめて、再び汗まみれになって熱湯をしぼらなくてはならないが、そのことを苦にする様子はない。

「あらまた破れちゃった。ゴムがうすいから、強くしぼるとすぐに破れちゃうのよね」

などと不服を洩らしながらも、次の日には新しいゴム手袋を買ってきて喜々として（と僕からは感じられる）約一時間の湿布を続けてくれる。

それが終わると、次には活性器という瀬戸物の器にヨモギと蛇舌草（じゃぜつ）という草をつめた道具で、煙を発生させてその煙で治療をする療法を行なう。活性器にはゴムマリのようなポンプがついており、そこから空気を送りこんで煙を出しつつ、その煙を皮膚に擦り込んでゆく治療なのだが、受ける方からすればこれは一種のマッサージであるから、ショウガ湯湿布と同じく、やはり極楽治療のひとつである。詳しいことは分からないが、ヨモギ及びその種類の植物には卓(すぐ)れた薬効成分があることだけは確かで、その他にも友人がこしらえて送ってくれたヨモギ枕（固いやつ）を使用すると、それだけで充分な治癒作用があるように感じるほどである。固型物でも治癒作用があるのだから、昔からお灸の材料ともされてきたように燃やされて煙になればその薬効は何倍にもなるはずで、事実として多い日には朝昼晩とぼくは一日に三回もの活性器によるヨモギの煙の治療を受けるが、それは、その香りの心地よさと、煙が肌に擦り込まれる感じ、マッサージの感覚は、すでに日常的になくてはならないものになっているからである。つまりぜいたく至極にも、極楽が日常化してしまっているのである。

西洋医学の病院では決してないであろう、こうした日々の極楽のおかげで、ひょっとしたら昨年の間に終わっていたかもしれないぼくのいのちは生きのびて、もう今は夏至を過ぎて七月に入った。むろんぼくとて、西洋医学に充分な可能性があったら、西洋医学の手法も取り入れつつ現在の手法を取り入れていたかもしれない。だからこれは西洋医学が良いか東洋医学が良いかの比較の話ではなくて、ケースバイケースのぼくの場合の生命の取り組みの話であり、あくまでぼく個人というケースの紹介であるに過ぎない。

3

　午前中の治療はさらにつづく。次にはキュウレイコンという張り薬をこしらえる。これも医者が材料だけ準備してくれるものを、自分で練りあげてつくり上げるものである。胴体の前部といわず後部といわず、胃と肝臓の周囲に二〇センチ×三〇センチ大の大きな貼り薬をすべて貼りめぐらす。やがて半時間もすると、その部分からカッと熱が出てきて、胴体の部分が火の車のように熱くなる。ガンは熱に弱いと書かれており四〇度を越す温度の中ではどんどん死滅していくと言われているだけに、胴体から立ち昇るこの熱がたのもしい。このキュウレイコン治療が終わると午前中の治療は終わるのであるが、それが大体十一時半頃である。

妻であるからこそ、個人的な主治医であるからこそ、三時間半にもおよぶ治療が毎日できるわけで、ぼくはまずそのことを家庭療法の最大、最善の秀点として讃美したい。治療という行為があると同時に、少なくともそこには夫婦という人間関係があり、新しい夫婦愛という人間の在り方が示唆されている点で家庭療法に優るものはない。

この八ヶ月間、私が妻に感じつづけてきたものは、この人はもしこの世にそういうものがあるとすれば天使そのものであるということであった。夫婦だから、あまり自分の妻をほめるのはみっともないが、彼女は、私が喜ぶことの九九%を自分の喜びとして生活を共にしてくれたのである。

けれどもそれは世間でいう「献身」という在り方とは全く異なるとぼくは感じている。彼女はそれをすることが心から楽しくて、二人でそういう真剣な治療ごっこをして遊んでいるが如くに、遊び暮らしてきたと言った方が適切なほどであった。

その日の午後は、ノウゼンカズラの花に魅かれて、久し振りに家の外へ出、二、三十メートルの範囲で家の周囲を散歩してみた。かたつむりが這うようにゆっくりと歩く。そうして実際に歩いてみれば、もう自分の体は外は歩けないというのは完全なフィクションで、現にそうして歩いて行けば、三十メートルでも四十メートルでも、五十メートルほど離れた弟の家までさえも、歩けていけそうなことが分かってきた。むろん始終妻が付き添ってくれて、肩を貸してくれてのことではあるが、そうして梅雨の中晴れの森の道を歩いていくと、森の全体が体に浸みこんできて、まるで体全体が森に溶けてしまいそうだ。

形而上学には色々な種類があり、海辺の生物として海に溶け、海の青さの永遠に溶けて去るという必然もあるが、山の緑に溶けて消え失せるという必然もまた一方ではある。陸上生物としての私達は、どのような形而上学を採用した所で、やはり最終的に陸上生物たることを逃れ得ない。陸上生物が直接的に還る所、それは森をおいて他にはない。

私は久し振りに、その森へ向けてぐーんと伸びをした。

森よ、この生をあるがままに心地よく受け入れてください、と、ご挨拶をした。

近代理性の時代に入ったからといって、どうして森に心から挨拶する必要はない、などということができようか。森は元よりそんなことは承知だとばかりに、無数の木の葉をきらきらと光らせて、いつでもそこに還っておいでと、歓迎の意志を示してくれた。

ぼくはすっかり調子に乗って、

「春美さん、散髪をしてくれるかい？」

とお願いしてみた。

二つ返事で彼女は家に駆け戻ると散髪用具一式を持って現われ、家の前のノウゼンカズラの花のトンネルの下に以心伝心に木の椅子をしつらえてくれた。

「多分これが最後だろうな。ノウゼンカズラの下でやってもらえるなんて最高、最高」

散髪をするために、上着を脱ぐと、半そでの丸首シャツから二ノ腕までが丸見えになるのだが、普段見なれていないだけに、その痩せこけようには、眼を覆うばかりのものがあった。無理もない、もう二ケ月も三ケ月も赤ちゃん用の粉ミルク四、五杯とにんじんとりんごのジュースが主食なのだから、まだ筋肉の名残りが残っているだけでも、有難いようなものである。

病人であるぼくは、何かにつけてこれが最後であるとか、これが見収めであるとかの感受を持ち易く、ついついそれを口にも乗せてしまうのであるが、妻のそれについての受け流し方にはじつに見事なものがある。今回の最後の散髪については、

「いつもその覚悟が大切なのよね、アハハハ」

と笑い飛ばして、私がしっぽりと自分の穴に入ってしまうことを許さない。そこでついこちらも、

「そういいながら、夏の終わりにまた散髪がやってもらえるともっとうれしいんだがね」

と、本音のもうひとつ本音を吐かざるを得なかった。生きる、という生命の本質にしっかり立っているゆえに、彼女は、感傷レベルの死のたわむれを仔猫がじゃれるような無邪気さで、吹き飛ばしてしまうのである。

散髪を終えると、さすがにどっと疲れが出て、もう洗髪をする気持にはならなかった。タオルでよくよく細毛をふき取ってもらって、そのまま家の中に倒れるように入りこみ、布団に横になった。

するといと有難いことに、すぐに眠気が訪れてきて、二時間ばかりもぐっすりと眠った。これは病人なら誰でも知っていることと思うが、同じ眠りでも、昼間の眠りの中には死がなくて軽く、夜の眠りの底には死がひそんでいて重い。

ぼくがその軽いさわやかな眠りから覚めたのは、夕方になってもう子供達が学校から帰ってきてからのことだった。

夕食のテーブルを親子五人で囲む。皆のメニューは、アジの味りん焼きに、ワカメとじゃがいもの味噌汁、じゃがいもサラダに納豆その他であるが、ぼくのメニューは朝、昼、晩と全く同じ。もし箸が伸びるなら、春美さんのおかずに勝手に手を出してよいことになっている。

その夜はどうした事か、ぼくにも食欲というよりはものを食べたいという意欲が出て、先ずは春美さんの味噌汁に手を伸ばして、二口、三口ワカメとじゃがいもを頬ばると同時に、その汁をずずーっと、四分の一ばかりも飲んでしまったのだった。

「おいしい?」

と彼女が聞く。

「なんだか、うまい」

と、ぼくは答える。次にはじゃがいものサラダ。いつものように箸にほんの半口分だけ突っつくんではなく、健常者がするようにぐいと箸を差し込んで、しっかりすくい取って普通の分量を口の中に入れた。吐き出すかと思いきやさしいじゃがいもの味が分かって、もう一口箸を伸ばすことすらできた。

思わず妻がパチパチと手を叩き、

「お父さん、すごーい」と歓声をあげた。

すると子供達もいっせいにぼくの方に顔を向けて手を叩きながら、

「お父さんすごいじゃん」

「お父さん治ったんじゃないの」

「お父さんってもう大丈夫じゃん」

と思い思いのことを口走り、食卓は一瞬にしてお祝いの大宴会のような雰囲気になった。

「ようし、調子に乗ってアジも食べちゃおうかな」

そう言うや今度はアジの味りん焼にまで手を伸ばしたので、今度は逆に妻が

「大丈夫なの？」

と、心配そうに顔をのぞきこんだほどであった。

「大丈夫、大丈夫」

自分の体の中を走る微妙な吐き気を計算しつつ、その夜はもう一杯味噌汁を飲んでさえも大丈夫だと判断して、そのパフォーマンスを実行した。

かくして晩御飯が終わり、わが家では一通りの跡片付けが終わったあとでデザートとなるのだが、そのデザートにその夜はスモモが出た。スモモはどうかなと思ったのだが、皆が喜んでくれた手前もあって、それにも手を伸ばすと、何とそのスモモが甘くて、飛び切りにおいしかった。

「ね。おいしいでしょ」

妻も自信たっぷりにすすめてくれた甲斐があったと喜んでくれて、かくしてその善き一日は終わった。

4

八時半頃までに子供達を寝かしつけると（といってももう小学生なのでそれぞれに明日の学校の準備をしてそれぞれに眠りに就く）、夜の治療が始まるのだが、このごろはその前に子供達にもちょっとした治療の手伝いをしてもらうことになっている。足踏みをしてもらうのである。

うつ伏せになった足の裏に、柱を支えにして一人ずつ子供に乗っかってもらい、一人五十回あてずつ全身の重みで踏んずける。これなら、子供達も楽しく、ぼくにも気持がいいことが分かったので、二、三ヶ月前のある夜から一人五十回あてのそのことが始まった。

先ずは二年生の閑ちゃん。小さな足がすっぽりとこちらの足裏に入って、足裏マッサージとしては最良の体重である。次には四年生のすみれちゃん。人一倍気が利くこの子は、ゆっくり踏んだらいいか、速く踏んだらいいかをあらかじめぼくに確めておいて、ゆっくり踏んだ方がいいのだと分かると、時間をかけてゆっくりと踏んでくれる。それに対して海彦は、乱暴というわけではないがぶっきら棒に、全身の重味を足にかけて、ずしんずしんと踏んでくれる。これまたそれなりの味わいがあって、時にはちょっときつすぎることもあるが極めて気持がよい。

足踏みが終わると、一人一人に、有難う、とぼくは必ず声をかける。時間にすれば一人三分か四分、せいぜい五分間のささやかなサービスであるが、それを子供が病気の親にしてくれるサービスにしてしまっては元も子もない。それはあくまでも親子の関係の内に自然に起こる出来事なのであり、介護保険のようにサービスする側とされる側がある社会制度ではないのである。

私達は、病人の看護という一事に限らず、生活のすべての面において善い意味でのニューファミリーを積極的に作り出して行くべきである。簡単に言って、自宅分娩、自宅生活、自宅死と、生老病死の主舞台を自宅に求めるのであれば、それを可能にする日常からの自宅生活というものの価値は、現在の百倍にも重きを置かれてよいとぼくは思っている。今は、それを論ずる場ではないから、そのことについてはこれ以上には触れないが、

「有難う」

と自分が一人一人の子供達に心から声をかけられる時、ぼくはやはり生きていることは極楽であると思う。

　それに対して子供達は、一人一人

「おやすみなさい」

と声を掛けて眠っていく。ぼくが病気になるまではその時間は、お母さんの絵本の読み聞かせの時間だったのだが、不服もいわず一人一人で自分の好きな本を読みながら眠っていく。

　子供達が眠りに入った後で、私達を待っているのは、その日二度目のショウガ熱湯湿布と、活性器からの煙の擦り込みである。夜の時間は、昼間ほどはたっぷ

りないので、おのずからいく分気がせかれるが、それでも九時頃から十時過ぎ頃まで、たっぷり一時間はまた二人の時間がとれる。

特別なことを話し合うわけでもなく、定められたコースをただ単々と進んでゆくだけなのであるが、その中のちょっとした会話、ちょっとした行為の内に、当然のことながら二人の全生死の時間が積み重ねられる。

その夏至の日には、昼間に一冊の本が届いた。それは伊藤真愚さんという東洋医学者が書いた本で、タイトルは『さて、死ぬか―死処に主となれ―』というものであった。彼女としては、ぼくがそんな本に興味を持つのは勝手だとしても、ぼくを死なせる気は全くなくて、七月、八月は暑さが厳しいゆえにこちらも少々厳しく、何回かは死に直面せねばならないかも知れないが、やがて秋と共に本当の治癒期が訪れてきて、世に言う奇蹟的なガンの消滅という事態が私の体に起きることを信じて疑わない。私達を心から支援してくださっている二人の専門の主治医も同様の見立てである故に、自分を信じて後からついて来さえすればよい、とばかりに、事この事に関する限りは大変に鼻息は荒いのである。

一方当人であるぼくの方は、むろん彼女の希望に沿いたく、彼女の願いどおりに行くに越したことはないが、八月どころかもうこの七月が越せない気がして、気弱になっている。

だがその日は、最初にも話したようにノウゼンカズラの花が初めて開いて、始め善ければ終わり善しと、何者かによって深く定められたかのような一日であった。

活生器からの煙を擦り込みながら、彼女の口から不意にひとつのアイデアが飛び出してきた。

「昼間のモルヒネの量を二〇ミリグラム減らしてみたらどうかしら」

モルヒネは日に一〇〇ミリグラム摂るのだが、その内の六〇ミリグラムを夜眠る前に、残りの四〇ミリグラムを翌日の正午に摂る、というのが鹿児島の医師から出されている指示であった。鹿児島の医師はホスピスだけにモルヒネ使用については抜群の経験を備えていて、それだけ使用法も安心して任せられるのであるが、その夏至の日に到る数日間の非常に安定した痛みのなさから判断すると、昼間の四〇ミリグラムは多すぎるかも知れない。

いずれにしてもモルヒネを摂っているようではガンの治る見込みは零で、多少でも食欲が出て痛みが少なくなれば、モルヒネは当然のことながら摂りたくはない、減少していくべき薬なのである。

妻がずばりと、昼間のモルヒネを二〇ミリグラム減らしてみようかと言った背後には、そうしたぼくらに特有の事柄があったわけだが、一も二もなくぼくもそれに賛成してしまったのは、その日ぼくがあまりにも元気であったためであった。

「よし、明日からは昼間は二〇ミリグラムだ」

活生器からの良い香りのヨモギの煙を擦り込んでもらいながら、ぼくは心を沈めて、わずかの時間ではあるが、ガンが消えてゆくという甘い夢を見た。

やがて治療が終わり、歯みがきも済ませて十時半には床についたのだが、このごろのぼくは電気を消して眠る前に彼女に、

「今日の一日をお疲れさま、有難う」と囁きかける。しかしながらその日は、それに加えて、

「今日は、ガンが見つかって以来一番いい日だった。こんな善い日はなかった。
有難う」
と、心から心からもう一度感謝の言葉を口に出したのであった。

子供達への遺言・妻への遺言

僕は父母から遺言状らしいものをもらったことがないので、ここにこういう形で、子供達と妻に向けてそれが書けるということが、大変にうれしいのです。

というのは、ぼくの現状は末期ガンで、何かの奇蹟が起こらない限りは、二、三ヶ月の内に確実にこの世を去って行くことになっているからです。

そのような立場から、子供達および妻、つまり自分の最も愛する者達へ最後のメッセージを送るということになると、それは同時に自分の人生を締めくくることでもありますから、大変に身が引き締まります。

まず第一の遺言は、ぼくの生まれ故郷の、東京・神田川の水を、もう一度飲める水に再生したい、ということです。神田川といえば、ＪＲお茶の水駅下を流れるあのどぶ川ですが、あの川の水がもう一度飲める川の水に再生された時には、却初に未来が戻り、文明が再生の希望をつかんだ時であると思います。

これはむろんぼくの個人的な願いですが、やがて東京に出て行くやも知れぬ子供達には、父の遺言としてしっかり覚えていてほしいと思います。

第二の遺言は、とても平凡なことですが、やはりこの世界から原発および同様のエネルギー出力装置をすっかり取り外してほしいということです。自分達の手で作った手に負える発電装置で、すべての電力がまかなえることが、これからの現実的な幸福の第一条件であると、ぼくは考えるからです。

遺言の第三は、この頃のぼくが、一種の呪文のようにして、心の中で唱えているものです。その呪文は次のようなものです。

南無浄瑠璃光・われら人の内なる薬師如来。

われらの日本国憲法の第九条をして、世界のすべての国々の憲法第九条に組み込まさせ給え。武力と戦争の永久放棄をして、すべての国々のすべての人々の暮らしの基礎となさしめ給え。

以上三つの遺言は、特別に妻にあてられたものでなくても、子供達にあてられたものでなくてもよいと思われるかもしれませんが、そんなことはけっしてありません。

ぼくが世界を愛すれば愛するほど、それは直接的には妻を愛し、子供達を愛することなのですから、その願い（遺言）は、どこまでも深く、強く彼女達・彼ら達に伝えられずにはおれないのです。

つまり、自分の本当の願いを伝えるということは、自分は本当にあなた達を愛していると、伝えることでもあるのですね。

死が近づくに従って、どんどんはっきりしてきていることですが、ぼくは本当にあなた達を愛し、世界を愛しています。けれども、だからと言って、この三つの遺言にあなた方が責任を感じることも、負担を感じる必要もありません。あなた達はあなた達のやり方で世界を愛すればよいのです。市民運動も悪くはないけど、もっともっと豊かな〝個人運動〟があることを、ぼく達は知っているよね。
その個人運動のひとつの形として、ぼくは死んでいくわけですから。

瓜谷文化振興財団発行『モルゲン』紙（平成十三年七月七日号）に発表。

あとがきに代えて

山尾春美

二〇〇〇年十一月、三省さんは、手術不可能な末期癌の宣告を受けました。西洋医学的には、二、三ヶ月の命と言われたにもかかわらず、私達は「生きたい」「生きてほしい」「生きよう」という想いを持ち、ここ屋久島白川山の我が家にありながら、一日一日必死に、また大切に大切にと時を過ごしていました。二〇〇一年五月頃から、乳児用粉ミルクを入れた人参りんごジュース以外、他のものはほとんど口にできない状態となり、体力も落ちてきていましたが、私はなお希望を失ってはいませんでした。私達にとって大事なことは、死を待つことではなくて、生きるということだったからです。

しかしながら、六月に入ると、精神的な不安定さも加わって、何よりも大好きな、自分で本を読んで過ごすということができなくなっていきました。

何とかして気持ちよく一日を過ごさせてあげたいと考えていたある時、ふと、三省さんが昔よく歌謡曲の本の後ろに付いているナツメロ特集を見ながら、気持ちよさそうに歌を歌っていたことを思い出し、歌でも歌ってみようかと誘ってみました。

すると、三省さんは「あなたが、僕の歌をへたくそだと思っているから歌わない」と言うので、びっくりして、「あなたほど人の心に響く歌を歌える人はいないと思っているのに、どうして……？　ほら、良麿君が高校を卒業した春、白川山の送別会で歌った歌「仕事の歌」を覚えてる？　あの歌はすごかったよねぇ」と言いながら、三省さんの寝ている布団のすぐ傍の本棚から、『自然生活』第一集を抜き取り、ページをめくりました。（野草社刊『八〇年代』の連載に引き続き、一九九〇年に入り『自然生活』と名を変えた雑誌に、十一回の連載を書かせていただいていました。）「南の光のなかで」連載一の中の「仕事の歌」の歌詞が書いてあるページを開いてみせましたが、自分で歌ってみようという気にはならないようでした。三省さんは歌が上手とは言えませんでしたが、言葉の真実をカチッと掴んで、歌詞に自分の想いを深く重ね合わせて歌うので、聞いている者は、いつも不思議に心を震わさせられました。

「この文章を読んでみようか」と聞くと「うん」と頷いてくれたので、私は声に出して読み始めました。読んでいると、その時の情景、その時の想いがそのままに浮かび上がってきて、何度も涙で文字がぼやけ、ようやくのこと、読み終えることができました。「この文章はいいねえ。すごいねえ」と言うと、「そりゃあ、そうだ。僕達の新しい日々だったし、この連載は、それこそ力を込めて書いたんだもの」という返事が返ってきました。これまでの共に暮らしてきた宝物のような日々の幸せが想われて、涙が溢れて溢れて困りました。

その日から、一日一回のペースで、連載二、連載三と読んでいきました。病気がわかって以来、生来の涙もろさに輪がかかってしまった三省さんも、聞きながら何度となく泣いていました。そして、一回聞き終わる毎に、「うん、これもなかなかいいね」とか「これはちょっと理屈が多いけど、まあまあだ」とか、それぞれに一言のコメントを付け、「この連載は、まだ本になっていないんだけど、一冊の本にするには、少し分量が足らないなぁ」とつぶやいていました。

そのようなことをしていた六月半ばすぎに、十一月から何度となく、島へ足を運んでは励ましてくださっていた石垣さんが訪ねてくださり、「まだ発刊されていない『自然生活』のための原稿が、一本手元に残っています。帰ったら、コピーして送ります。なんとか本にしましょう」とおっしゃってくださったのです。

それでも、幾分足りないかなあと考えていた六月末、何日か、体調の良い日が続いていきました。毎年、道路側に向かって咲くのうぜんかずらの花が、今年はなぜか、家の中に向かって花開き、鮮やかなオレンジ色の美しいトンネルとなり、家の居間の三省さんの坐る位置から、よく見ることができました。その花々を見て、三省さんは「ほら、のうぜんかずらの花がお別れを言っているようだ」と言い、私は、「三省さん、元気を出しなさいよって、こっち側を向いて咲いてくれているよ」と言いました。そして、ある夜、寝る前の布団の中で、「今日一日のことを、今までで一番善い日という題で文章を書いたら、きっといいものが書けるよ」とうれしそうに言いました。

そして、次の日には石垣さんに、――『自然生活』十一集までの「南の光のなかで」を春美さんに読みきかせてもらいました。そして、このまま埋もれさせてしまうのは惜しいと感じていたら、急にもう一章、最後、書き足してまとめればいいという気持ちになりました――というＦＡＸを送っていました。このＦＡＸを受け取った石垣さんは、「バンザーイ」と叫んで、とびあがって喜んでくださったのです。それから、三、四日のうちに、一気に最終章の「善い日」を書き上げ、七月初めに、石垣さんに手渡すことができました。このようにして、「南の光のなかで」が、一冊の本となっていくことになりました。

二〇〇一年八月二十八日、三省さんはこの世での息を引き取りました。自分で建てた寝室の布団の上で迎えた静かな死でした。この本に書いてある通り、この世での生死を見つめ続け、権力や富におもねず、ただ素朴に生きて、この世界へ還っていくという願いを貫いて、逝きました。

その日から四ヶ月余り、夫であり、父である人の死という私達家族にとっても、とても大きなできごとのあった二〇〇一年が過ぎていきました。新しい年を迎えて、私達は、三省さんが自分の木と呼んだ、家の裏の川べりにあるヤクシマサルスベリの木の根元に、お骨の一部を埋めました。目をつぶり、手を合わせると、今はすっかり葉を落としたヤクシマサルスベリの木の天空へと広がった枝々が、また一段と空の高みへと伸びていくように思われました。また、波の静かな大潮の日に、海へ散骨にも行きました。人気のない太古の雰囲気の残る、幾分荒々しい感じのする磯の澄んだ海の水の中で、白いかけらがキラキラと光って見えました。春が来たら、島山の奥の森の中へも……と考えています。

白いお骨を手に取ると、共に生きてきた人が骨になってしまったという、目が眩むような寂しさが立ちのぼってきました。そして、誰もがそうしているように、自分もまた、その事に耐えていかねばならないということを思い知らされました。そうではあるけれども、三省さんが考えていたように、木となり、森となり、山そのものとなり、海そのものとなり、魂は星となり、光となって、この世界へ還っていくということが、本当に、大きな安らぎであるということにも、はっきりと気付かされました。私にとっても、子供達にとっても、三省さんが一生をかけて、自分の生死の場と決めて還っていった所で、生きていけるということは、幸せなことなのだと気付かされ始めています。いずれ自分も、同じ所へ、南の光のなかへ、この世界そのものへ、還っていくのだと思えば、うれしい気持ちも湧いてくるように思います。

三省さんが亡くなってから、石垣さんが、「三省さん、あなたの詩が、言葉が、世界の宝となる日が来る」と書いてくださいました。この地球上の人間のさまざまなできごとに、暗澹たる思いを抱かざるを得ない日々にあって、なお、三省さんが夢みた善い光の溢れる世界が来ることを、深く深く祈りつつ、三省さんの詩が、言葉が、善い世界の善い宝となる日を夢み続けたいと思っています。

石垣さん、清水(きよみ)さん、本当に、本当にありがとうございました。お二人には、三省さんとの三十年にわたる親交の中で、いつも支えていただきました。病気がわかってからの十ヶ月は、言葉に尽くせないほどの励ましをいただきました。このように、一冊一冊と、死後もなお、本を出していただけることに、感謝の念は深く尽きません。

二〇〇二年一月十七日

水の再生発願の日に

山尾春美

山尾三省著作目録

★印は新版です

1975年　『約束の窓』（詩画集）山尾三省・詩　高橋正明・絵（限定版）自費出版　絶版
1981年　『聖老人―百姓・詩人・信仰者として』プラサード書店（発売・めるくまーる社）絶版
1982年　『ラームプラサード―母神讃歌』山尾三省・長沢哲夫共訳　屋久の子文庫　絶版
『狭い道―子供達に与える詩』野草社（発売・新泉社）
『ラマナ・マハリシの教え』ラマナ・マハリシ著　山尾三省訳　めるくまーる社
1983年　『野の道―宮沢賢治随想』野草社（発売・新泉社）
1984年　『ジョーがくれた石―真実とのめぐり合い』地湧社　品切
1985年　『縄文杉の木蔭にて―屋久島通信』新宿書房　絶版
1986年　『ガイアと里』スワミ・プレム・プラブッダとの対談　地湧社　品切
1987年　『びろう葉帽子の下で』（詩集）野草社（発売・新泉社）　絶版
1988年　『自己への旅―地のものとして』聖文社　絶版
『聖老人―百姓・詩人・信仰者として』野草社（発売・新泉社）★
1990年　『回帰する月々の記』新宿書房

1991年　『新月』（詩集）くだかけ社
『島の日々』野草社（発売・新泉社）
『桃の道』六興出版　絶版
1992年　『コヨーテ老人とともに─アメリカインディアンの旅物語』
ジェイム・デ・アングロ作・画　山尾三省訳　福音館書店
1993年　『びろう葉帽子の下で』新装版（詩集）野草社（発売・新泉社）★
1994年　『縄文杉の木蔭にて─屋久島通信』増補新版　新宿書房★
1995年　『水が流れている─屋久島のいのちの森から』山尾三省・文　山下大明・写真　NTT出版　絶版
『屋久島のウパニシャッド』筑摩書房
『森の家から』（詩集）草光舎（発売・星雲社）
『ぼくらの知慧の果てるまで』宮内勝典との対談　筑摩書房　品切
1996年　『深いことばの山河─宮沢賢治からインド哲学まで』日本教文社
『三光鳥』（詩集）くだかけ社
1997年　『一切経山─日々の風景』溪声社（発売・星雲社）
1998年　『聖なる地球のつどいかな』ゲーリー・スナイダーとの対談　山と溪谷社
1999年　『ここで暮らす楽しみ』山と溪谷社

『法華経の森を歩く』水書坊

2000年　『「屋久島の森」のメッセージ―ゆっくりと人生を愉しむ七つの鍵』大和出版

『カミを詠んだ一茶の俳句―希望としてのアニミズム』地湧社

『アニミズムという希望―講演録・琉球大学の五日間』野草社（発売・新泉社）

『親和力』（詩集）くだかけ社

『屋久島の自然と詩の宇宙』東京自由大学

『南無不可思議光仏―永劫の断片としての私』（詩集）オフィス21

2001年　『瑠璃の森に棲む鳥について―宗教性の恢復』立松和平との対談　文芸社

『水晶の森に立つ樹について―宗教性の恢復』立松和平との対談　文芸社

『リグ・ヴェーダの智慧―アニミズムの深化のために』野草社（発売・新泉社）

『森羅万象の中へ―その断片の自覚として』山と溪谷社

『存在の車輪は永劫に回帰する』東京自由大学

『日月燈明如来の贈りもの―仏教再生のために』水書坊

『水が流れている―屋久島のいのちの森から』山尾三省・文　山下大明・写真　野草社（発売・新泉社）★

2002年　『南の光のなかで』野草社（発売・新泉社）

山尾三省（やまお・さんせい）

一九三八年、東京・神田に生まれる。四三年から四八年まで山口県油谷町へ疎開。五八年、早稲田大学文学部西洋哲学科に入学。六〇年安保闘争に参加後、大学を中退。六七年、「部族」と称する対抗文化コミューン運動を起こす。七三年、インド・ネパールの聖地を巡礼。七五年、東京・西荻窪のホビット村の創立に参加し、無農薬野菜の販売を手がける。七七年、家族とともに屋久島の一湊白川山に移住し、耕し、詩作し、祈る暮らしを続ける。二〇〇一年八月二八日、逝去。

南の光のなかで

二〇〇二年四月一五日　第一版第一刷発行

著者――山尾三省

発行者――石垣雅設

発行所――野草社
東京都文京区本郷二-五-一二
TEL 03-3815-1701　FAX 03-3815-1422

発売元――新泉社
東京都文京区本郷二-五-一二
TEL 03-3815-1662　FAX 03-3815-1422

造本――堀渕伸治

印刷――太平印刷社

製本――榎本製本

ISBN4-7877-0183-5 C0095

新しい千年への希望

野草社・山尾三省の単行本
（発売・新泉社）

島の日々
四六判上製／296頁／2000円

アニミズムという希望
講演録・琉球大学の五日間
四六判上製／400頁／2500円

リグ・ヴェーダの智慧
アニミズムの深化のために
四六判上製／320頁／2500円

水が流れている
屋久島のいのちの森から
山尾三省・文／山下大明・写真
B６判上製／104頁／1400円

定価は税抜